산중 생활

문학의숲

산중생활

1판 1쇄 인쇄 2024년 11월 20일
1판 1쇄 발행 2024년 11월 29일

지은이 이숙영

발행처 문학의숲
발행인 고찬규

신고번호 제2005-000308호
신고일자 2005년 10월 14일

주소 (04029) 서울특별시 마포구 양화로7길 84 영화빌딩 4층
전화 02-325-5676
팩스 02-333-5980

ISBN 979-11-87904-48-9 03810

산중 생활

이숙영 지음

문학의숲

추천사

출가出家란 말 속에는 수행자의 결기와 비장함이 서려 있지만, 세속에 남아있는 혈육에게는 슬픔과 먹먹함의 단어가 아닐 수 없다. 출가하여 조계종의 가장 높은 품계인 대종사의 반열에 오른 스님을 오빠로 둔 속가의 여동생이 수행자이자 오빠인 스님을 추모하며 쓴 이 책은, 떠나보냈으되 떠나보내지 못한 출가승 혈육의 마음을 애틋하게 담고 있다는 점에서 귀하고 개성적이다.

특히, "전깃불도 들어오지 않는 첩첩산중"의 절에서 스님인 오빠를 모시며 공양주 생활을 하던 시기의 회고는, 옛 산중의 살림살이와 수행정진의 모습을 되살려준다는 점에서 읽는 재미와 함께 기록적인 의미도 더해준다. 아울러, 이러한 산중 경험을 바탕으로 "속가에 살면서 어지간한 힘든 일은 고생이라고 여겨지지 않으니 이것도 부처님의 공덕"이라고 말하는 저자의 고백을 읽노라면, 자연스

산중 생활

럽게 깊이를 더해가는 소박하면서도 진솔한 불자의 모습
이 환하게 다가온다.

이홍섭 (시인)

산중 생활

　평범한 일상에 파묻혀 그동안 잊고 살았던 산중 생활의
아련한 기억들이 그리움으로 쌓여만 간다. 스님이 곁에 안
계시니 허전하고 옛일들이 아스라이 떠올라 추억들을 글
로 옮기는 작업을 시작했다.

　1970년대 스님(오빠)이 출가하고 남장사의 소임을 맡
으면서 10대 후반의 나이에 불교에 대해 전혀 무지한 내
가 스님 따라 남장사에서 두 해 여름과 겨울에 잠깐 공양
주로 살았던 이야기들이다.

　이젠 지난 일들이지만 그때의 산중 생활은 녹록지 않았
다. 지금 회상해보면 당시에 겪은 경험들이 내 삶에 알게
모르게 스며들어 뿌리 깊게 자리하고 있다.

　이 글에 소개되는 건 스님과 혈육의 정으로 느끼고 바
라본 스님의 일생에 극히 한 부분인 일화들이다. 하지만

내 삶 자체에 엄청난 영향을 끼친 이야기로 그냥 묻어 버리기엔 아쉬움이 남는다. 지난날 나의 철없던 행동들로 스님을 이해해주지 못하고 고충만 안겨드려 죄송한 마음을 이제라도 표현하고 싶었다.

법문공부가 싫어 스님에게 혼났던 일, 불경을 사경寫經하기 싫어 내 양심을 저버린 일, 예불시간에 간단한 불경마저 외우지 않아 스님 마음을 아프게 해드린 일……. 새벽 도량석 시간에 일어나기 싫어 잠과 싸우고 무엇보다 겨울 새벽예불이 나를 고통스럽게 했다. 또 해우소 때문에 생긴 에피소드, 초파일初八日 날 있었던 가슴 아픈 이야기는 두고두고 회한으로 남는다.

스님 쓰러지고 일산병원에 계실 때 위로해 드리러 갔는데 오히려 위로받고 왔던 일. 입적하시기 전 마지막 생에 잠깐 동안 몸이 거동도 못 할 정도로 편찮으셨을 때, 스님께서 자책하시던 모습을 연민의 눈빛으로 바라볼 수밖에 없어 괴로웠다.

그분을 혈육이 아닌 진정한 스님으로 존경하고 그분의 숭고한 정신을 받들고 싶었다. 비록 출가는 안 했지만 세속에 살면서 인생을 낭비하지 않고 이웃을 배려하며 살려 노력했다. 스님의 삶은 내 인생의 동기였고 그분에게 인정받고 싶었다.

스님께서 인욕忍辱으로 자신을 다스리는 불자가 되라고 하셨던 말씀. 주옥같은 좋은 법문을 수없이 해주셨는데 무심히 흘려버려 스님을 실망시켜 이제야 참회하며 이 책을 정강당 성웅 대종사正剛堂 性雄 大宗師님의 영전에 바치옵니다.

남장사와 인연

푹푹 찌는 무더운 날씨는 선풍기 앞에 앉아 있는데도 그닥 시원한 줄 몰랐다. 안채에서 소란스런 소리가 들려왔다. 무슨 일인가 싶어 방으로 들어가 보니 큰오빠가 오셨다. 난 인사를 드리고 가게로 나왔다. 그러면서도 방 안이 궁금해 문을 조금 열어두고 이야기를 엿들었다. 아버지하고 나하고는 마주 보고 오빠는 뒷모습이기에 엿듣는 것을 모르셨다.

오빠는 1970년대 서울 연화사에 잠시 있다 상주 남장사로 내려가셨다. 서울에 볼일 보러 왔다가 내려가는 길에 잠깐 들렀다며 아버지께 속가와는 이제 인연을 끊겠다고 한 것 같다. 그러니 집안 대소사 일로 연락을 하지 말라는 뜻이다. 그때만 해도 그게 무얼 의미하는지 정확히 몰랐다. 아버지는 말려서 될 일이 아니라는 것을 아는지 눈을 감고 아무 말씀도 없으셨다. 마지막 대화 끝에 오빠가 당분간 나를 데리고 있겠다고 했다.

난 그 말을 듣고 왜? 왜? 따져 묻고 싶었지만 내가 나설 자리도 아닐뿐더러 그럴 힘도 없었다. 아버지가 안 된다고 거절하길 바라며 눈짓으로 사인을 보냈건만 아들이 먼저인지 그렇게 하라고 승낙하셨다. 당시 슈퍼 일을 내가 거의 도맡아 하고 있었으니 얼마든지 핑계 댈 수 있었는데…… 엄마는 내가 없으면 안 된다고 했지만 두 사람을 이길 힘이 없었다. 그 당시 오빠는 우리 집에서 왕이었고, 그 누구도 오빠의 말을 거절할 수 없었다.

서울역에서 기차를 타고 김천역에 내려 상주 가는 시외버스를 탔다. 남장사 마을 동구에서 내리니 오빠가 가방이 무거워 보였는지 들어주셨다. 밭길을 지나고 산길을 걸어가는데 꽤 멀게 느껴졌다.

점심시간을 훌쩍 넘겨 몹시 배가 고팠다. 엄마가 싸주신 간식을 기차 안에서 먹고 싶었지만 오빠가 그럴 분이 아니기 때문에 눈치만 보며 기다렸다.

날씨도 덥고 오빠 걸음이 너무 빨라서 숨을 헐떡이며 쫓아갔다.

"오빠, 쉬었다 가요. 배도 고프고 목도 마르고 더 못 가겠어요."

"이제부터 오빠라 부르지 말고, 스님이라고 해."

"네."

작은 목소리로 부드럽게 말하셔도 감히 범접할 수 없는 카리스마가 느껴져 괜히 움츠러들었다.

우린 나무 그늘을 찾아 쉬었다. 가방에서 삼립 크림빵과 사이다를 스님에게 건네고 나도 먹는데 꿀맛이었다. 가게에서 자주 먹던 것이지만 그 맛이 아니었다. 배가 고프니 빵 맛이 환상적이었다.

스님도 배고팠는지 한 개를 더 드셨다. 분위기가 어색해 "엄마는 손도 크시지 뭘 이렇게 많이 싸 주셨데" 혼자 중얼거렸다. 과자, 사탕, 껌 등 더 드실 거냐고 스님께 여쭤보니 껌이나 하나 달라고 하신다.

그때는 집에서 슈퍼를 크게 하고 있어서 엄마가 가방에 이것저것 챙겨주셨다. 가방이 묵직했다. 먼 길 떠나니 가다 배고프면 먹으라고. 그 시절에는 배고프다고 지금처럼 쉽게 사 먹을 수 있는 시대가 아니었다.

스님과 나란히 껌을 씹으며 남장사 일주문에 도착하니 스님이 반배를 하셨다. 절은 처음 가는 거여서 절 예절을 하나도 몰랐던 시절이라 그냥 멍하니 서있었다.

일주문 현판에는 '노악산남장사露嶽山南長寺'라고 적혀있었다. 일주문을 지나 한참을 걸어가니 극락보전이 있는 마당이 먼저 눈에 들어왔다. 극락보전 옆에는 요사채가 있는데 스님들이 오면 거처하는 곳 같았다. 극락보전 옆의 중앙 계단을 올라가니 보광전이 있고, 보광전 옆으로 그러니까 후문이 가까운 곳에 스님이 거처하시는 요사채가 있었다.

그 맞은편의 교남강당嶠南講堂을 끼고 돌아가니 후원이었다. 후원에는 산에서 내려오는 물을 저장하는 공간이 있는데 우물은 아니고 2단으로 만들어진 수관收管이라고 해야 할 것 같다. 그곳 현판에는 청천료淸泉寮라고 적혀있었다. 해석하자면 높은 곳의 맑은 샘물. 계속 흐르는 물은 맑고 깨끗했다. 바가지로 목을 축이니 물맛이 다디달았다. 그도 그럴 것이 사이다만 먹고 물을 마시지 못했다. 스님께도 물을 갖다드리니 엷은 미소를 띠며 아주 맛있게 드신다.

사실 오빠이지만 나이 차이가 있어 오빠에 대해 아는 게 하나도 없다. 평소에는 어려워 가까이하기엔 너무 먼 사이라고 해야 할까. 그런데 첩첩산중에 아무도 없고 처음으로 오빠와 단둘이 있으니 불편하기 짝이 없었다. 스님은 내가 묵을 처소處所를 소개하며 짐부터 풀라 하였다. 그리고 절을 하나하나 소개했다. 내가 할 일은 공양 짓는 일이

15

다. 공양주가 새로 오면 그때 집에 보내주겠다고 하셨다.

절을 한 바퀴 돌고 뒷간을 안내하는데 후문 밖에 있는 재래식 화장실이다. 스님 거처하고는 그리 멀지 않지만 내 처소에서는 끝과 끝에 있었다. 내 처소는 공양간 위에 있는 요사체이고 스님이 거처하는 곳과는 멀어서 누가 업어 가도 모를 위치라 무서웠다.

남장사에서는 두 해 여름과 겨울에 잠깐 머물러 공양주로 일했다. 그리고 그 후 초파일初八日이나 절에 큰 행사가 있어 손이 필요할 때 가곤 했다. 남장사와 인연은 그렇게 맺어졌다.

산중 생활

공양주

전깃불도 들어오지 않는 첩첩산중이나 다름없는 남장사에서 시작된 공양주 생활, 그 시절에 심적으로 힘들었던 기억을 잊을 수가 없다.

첫날, 남장사에 도착해 스님은 저녁예불에 들어가시고 공양간이라고 알려준 곳에서 밥을 하려니 모든 게 낯설어 무엇을 해야 할지 몰라 앞이 캄캄했다. 스님은 공양간이라고 알려만 주고 나머지는 알아서 하라는 듯했다.

후원에서 쌀부터 씻어놓고 쌀이 불을 동안 반찬을 만들려고 하니 어디에 뭐가 있는지 몰라 답답해 죽겠다. 그릇이란 그릇은 모두 열어보고 찬장도 다 뒤졌다. 재료가 없어도 물어볼 수 없었다. 마침 미역과 김이 눈에 띄길래 국은 미역국으로 정했다. 찬장에 양념으로 고추장, 간장, 된장, 고춧가루, 소금, 설탕, 들기름, 참기름, 참깨가 있다. 반찬이라곤 작은 장 단지에 있는 깻잎장아찌가 전부였다. 냉장고가 없으니 다른 음식이 있을 리가 없다. 그나마 석유곤로가 있어 얼마나 다행인지 그것마저 감사했다.

미역국을 먼저 끓였다. 미역을 참기름에 볶다가 조선간장으로 간을 맞추니 먹을 만했다. 김은 프라이팬에 굽고 솥을 불에 올렸다. 저녁공양은 미역국, 김, 간장, 깻잎장아찌로 차렸다. 집에서는 아무리 반찬이 없어도 예닐곱 가지는 올라가는데 반찬이 너무 없어 상이 부실해 보였다. 예불이 끝나고 스님이 공양을 드시려 오셨다. 공양간 옆에 방이 있는데 그 방이 공양하는 공간이다.

"반찬이 너무 없어요."

"이 정도면 훌륭해! 수고했어."

"양념이 아무리 찾아도 없어서 간장으로만 간을 했는데, 맛이 어떨지 모르겠어요."

스님은 미역국을 드셔보더니 말했다.

"간이 잘 맞아, 이렇게 하면 돼."

스님은 절에서는 오신채五辛菜(마늘·대파·양파·부추·달래)는 쓰지 않는다며 자세히 설명해주었다. 오신채의 성질이 맵고 향이 강해 마음을 흩트려 수행에 방해가 되기 때문이라고 한다.

이렇게 서툰 솜씨로 나의 첫 공양주 생활이 시작되었다.

그 후 콩나물을 직접 길러 요긴하게 사용했다. 콩나물국, 콩나물무침 등은 비빔밥에 꼭 필요한 재료이기도 하다. 그 외 재료들은 메모해 주면 출타할 때 사다 주셨다. 하지만 꼭 필요한 물품은 내가 직접 상주 중앙시장 장날에 시장을 보러 가기도 했다. 장날 시장에 가면 구경거리도 많고 사고 싶은 것도 많지만 아이쇼핑으로 대신하고 주로 찬거리들만 사 들고 돌아왔다. 시간이 지나자 양념 없이도 익숙하게 반찬을 만들었다.

낯선 환경에서 생활은 어설프기 짝이 없었다. 모든 것이 속가와는 달라 다른 세계에 와 있는 것 같았다. 기상 시간은 새벽이고 초저녁에 잠을 잤다. 전에는 라디오를 듣거나 책을 읽다 12시쯤 잠을 잤는데 갑자기 바뀐 일상의 리듬은 적응이 쉽지 않았다. 게다가 사찰 음식에 대해 따로 배운 것이 없어 속가에서 해 먹는 방법대로 음식을 했다.

다행히 여름철이라 제철 채소들이 많아 음식을 하는 데 어렵지 않았다. 당시는 냉장고가 없어서 매일 음식을 만들어야 했다. 열무김치도 담그고, 비빔밥도 자주 해 먹었다. 당근, 호박, 표고버섯은 채 썰어 각각 볶고 콩나물은 데쳐 무치고, 무생채까지 준비하면 된다. 참기름과 고추장을 넣고 비비면 양념 없이 만들어도 맛있다. 그때 절에서 하던 음식을 속가에서도 하고 있다. 시금치와 콩나물을 무칠 때 파, 마늘을 안 넣고 소금이나 멸치액젓과 들기름, 조미료(연두)만 넣고 무친다.

또 들깨를 이용하여 다양한 요리를 만들었다. 들깨는 깨끗하게 씻어 절구에 넣고 빻아서 체에 걸러낸다. 껍질은 버리고 들깻물만 사용했다. 지금은 믹서기가 있어 편리하지만 그때는 절에 전기가 들어오지 않아 재래식으로 했다. 스님은 들깨버섯탕, 들깨미역국, 들깨를 넣고 만든 나물들을 즐겨 드셨다. 별미로 국수를 해드리면 좋아하셨다. 다시마와 무말랭이를 넣고 끓여 육수를 만든다. 표고버섯과 당근, 호박은 채 썰어 따로따로 볶아준다. 육수에 소금과 간장으로 간을 하고 국수는 삶아 씻어서 면기에 담고 그 위에 육수를 붓고 고명으로 표고버섯과 당근 호박 김가루, 참깨를 얹어준다. 음식은 뭐니 뭐니 해도 식재료가 신선하고 간이 맞으면 맛있다.

어릴 적 엄마는 튀김요리와 부침개를 자주 해주었다. 그러다 보니 자주는 아니지만 내가 먹고 싶어 튀김을 하게 된다. 가끔씩 식재료가 남으면 야채들을 채 썰어 밀가루

반죽에 몽땅 넣고 버무려 튀겨준다. 야채튀김은 금방 먹으면 아삭아삭한 것이 고소하고 맛있다. 나중에는 속가에서 매실청을 가져와 요리에 이용하니 음식의 풍미가 한층 좋아졌다. 겉절이나 상추샐러드에 매실청을 넣으면 소화도 잘되고 감칠맛이 있다.

절에서는 재료가 다양하지 않아 제철 채소와 장아찌, 말린 나물들로 요리를 하려니 어려움도 있었다. 같은 반찬은 몇 번 먹으면 싫증 나기 때문에 여러 가지 방법으로 만들었다. 밥할 때 밥 위에 대접을 얹고 가지나 호박 등을 쪄내 무치면 시간도 절약되고 밥물이 베서 그런지 더 맛있다. 엄마한테 어깨너머로 배운 솜씨가 절에서 공양주 하면서 요긴하게 써먹었다.

스님은 내가 만든 음식을 좋아하셨다. 표현은 안 하시지만 표정 보면 안다. 한번은 음식을 정말 못하는 공양주가 있을 때 밥맛을 잃었다며 처음으로 내가 만든 음식이 그리웠다고 하여 뿌듯했다.

자주는 아니지만 영양밥을 해드리면 맛있게 드셨다. 스님이 집에 오셨을 때와 일산병원에 입원해 계실 때, 산소에 모시고 갔을 때, 소화 잘되라고 견과류 죽과 영양밥을 준비했다. 장시간 자동차 안에 계셔야 해서 부드러운 음식으로 준비했다. 영양밥은 찹쌀에 대추, 콩, 호두, 잣, 인삼,

소금을 넣고 찌면 된다.

그 당시 절에서는 공양주 구하기가 힘들고 와도 오래 있지 못하고 그만두는 일이 다반사였다. 그도 그럴 것이 열악한 환경에 빡빡한 생활, 잠시도 쉴 틈이 없다. 제사가 있거나 천도재가 있을 때는 눈코 뜰 새 없이 바쁘다. 유가족들 공양까지 다 챙겨야 해서 정신없다. 가끔 공양주를 도와주는 신도들도 있지만 그때는 신도들도 잘 몰라서 후원으로 오지 않고 공양시간에 맞춰 왔다.

절에서 공양주에게 보수를 얼마나 주셨는지 모르겠지만, 절 생활이 초파일初八日에 들어오는 수입으로 일 년 동안 살림을 꾸려야 하니 정말 알뜰하지 않으면 안 됐다. 스님이 왜 그렇게 절약을 하는지 말씀이 없어 내 짐작으로 가늠해보면 그랬다. 나야 무보수로 봉사하지만 다른 사람은 그렇지 않을 것 같았다. 그때는 그것을 모르고 공양주가 빨리 와야 집으로 돌아갈 텐데 하며 그날만 기다렸다.

내게 불심도 없고, 그저 절을 벗어나고 싶다는 일념밖에 없는 철없던 시절이었다. 그런 내 모습을 지켜본 스님 마음이 어떠했을지……. 단 한 번도 그런 내색을 안 하셨지만 나만 힘든 게 아니란 걸 추후에 알 것 같았다.

하루도 빠지지 않고 수행정진 하는 스님의 일상이 너무

도 고행이라는 생각이 들었다. 건강이 제일 걱정이었다. 나마저 가버리면 혼자 공양을 어떻게 하실까 생각에 미치면 스님이 안쓰러워 이내 마음이 약해졌다.

결혼하고 속가에 살다 보니 사는 게 바빠 좋아하는 음식을 못 해드려 마음이 짠했다. 매우 편찮으실 때는 음식을 드실 수 없어 얼마나 가슴이 아팠던지 그게 마음에 걸린다. 곁에 계실 때 잘해드릴 걸 투정 부리고, 말 안 듣고, 힘들게 했다. "있을 때 잘해"라는 노래를 흥얼거려 본다.

법문

　법문을 끝내고 처소로 돌아가는 길에 밤하늘을 올려다
보니 별들이 쏟아지고 있다. 반짝반짝 빛나는 별밤이 어찌
나 아름다운지 별빛 속으로 빠져들어 간다. 솔솔 불어주는
밤바람도 조화를 이루어 더위를 싹 잊고 자연의 행복을 맘
껏 누리고 있으니 부러울 게 없다. 고단한 하루의 피로를
말끔히 씻어 주는 산중의 여름밤은 소쩍새 소리와 이름 모
를 새들의 소리까지 적막하기도 하련만 아름답게 느껴진
다. 이 또한 마음의 작용이리라.

　스님은 예불 책과 불경을 주며 필사하고, 반야심경과 천
수경은 외워서 예불시간에 함께하라고 했다. 며칠이 지나
도 예불시간에 함구하고 있으니 저녁공양과 저녁예불이
끝나면 책을 가지고 스님 방으로 오라고 하더니 그때부터

법문이 매일 시작되었다.

　주로 관세음보살, 지장보살, 문수보살 등 가피를 입은 사례를 예로 들며 내 눈과 귀가 열리기를 바라셨다. 하지만 아무것도 귀에 들어오지 않고 빨리 집으로 돌아가고 싶은 마음만 간절했다.

　하루는 법문을 하시는데 지루하고 귀에 들어오지도 않고 머릿속은 딴생각만 가득했다. 스님이 그걸 모르실 리 없지. 갑자기 불경을 어디까지 필사했냐고 물어보신다. 반야심경하고 천수경까지 했다고 하니 한번 외워보라고 하신다.

　반야심경 중간 정도에서 '무무명 역무무명진 내지 무노사 역무노사진 무유공포……' 하는데 경책으로 스님 손바닥을 치며 다시 하라고 하시기에 엉뚱한 말을 했다.

　"가족 중에 한 사람만 스님이어도 온 가족이 복을 받는다고 하는데, 굳이 저까지 이 공부를 해야 해요?"

　그러다가 경책으로 머리를 맞고는 아차 말을 실수했구나. 입은 구화지문口禍之門이라 했거늘. 기어들어 가는 소리로 말했다.

　"잘못했어요."

　지혜롭게 올바로 사는 길은 스스로 노력해서 마음을 깨우치는 것이지 그 누구도 대신 해줄 수 없다고 하셨다. 마음이 깨끗한 것이 부처이고 마음의 밝은 빛은 법이며 마음에 거리낌 없는 것이 도이다.

그때, 스님은 내가 얼마나 답답하고 멍청하고 어리석어 보였을까. 다른 때 같으면 법문 시간이 긴데 그날은 보기 싫은지 건너가라고 하였다.

스님 처소를 나와 보광전 법당으로 들어갔다. 상단에 촛불을 켜고 향을 피우고 삼배를 한 후 반야심경을 읊었다.

"마하반야바라밀다심경.

관자재보살 행심반야 바라밀다시 조견오온개공도 일체고액 사리자 색불이공 공불이색 색즉시공 공즉시색 수상행식 역부여시…… 아제 아제 바라아제 바라승아제 모지 사바하."

반야심경을 끝내고 백팔배를 하며 원력을 세워 간절히 기도하면 이루어진다고 하는데 갑자기 무엇을 위해 기도하지 막막했다. 아무것도 생각나지 않았다. 목표가 뚜렷하지 않으니 할 게 없었다. 당장은 절을 벗어나고 싶은데 부처님 계시는 법당에서 그런 기도를 한다는 것은 있을 수도 없는 일, 그냥 관세음보살만 찾으며 백팔배를 했다.

그날 이후 스님 얼굴 뵙는 게 부끄러워 시선을 피했다. 스님은 그것을 아는지 아니면 내게 실망해서 그런지 침묵의 시간을 가졌다. 침묵의 시간이 길어지자 답답하고 눈치만 살폈다. 공양시간에도 한 말씀 안 하니 죽을 맛이었다. 그런다고 기죽을 내가 아니지. 천성이 밝고 명랑한 내 성격이 어디 가겠나.

도라지와 대추 달인 물과 야채튀김을 해서 '스님' 불러도 아무 대답이 없었다.

"들어가요."

방으로 들어가니 알은체도 안 하고 책만 보고 계셨다.

"스님, 재미없는 책 그만 보시고 이것 좀 드셔보셔요. 제가 스님 위해서 만들었어요."

스님은 재미없는 책이란 말에 어이가 없으신지 "아이고 관세음보살" 하며 책을 덮고 간식을 드셨다.

"제가 스님만큼은 아니지만 불경을 가까이 하도록 노력해 볼게요. 스님께서 스스로 하라고 하셨으니 저를 믿고 시간을 좀 주세요."

아이고 말이나 못 하면 하는 표정으로 아무 말씀도 안 하고 허허허 웃으셨다.

"스님. 그럼 화 푸신 거지요? 이제 침묵하지 마세요! 답답해 죽겠어요."

웃는 얼굴로 속에 담아두지 않고 할 말 다 하는 나를 보며 아휴 널 어떻게 하겠니! 안타까운 표정으로 쳐다보는데 난 웃음으로 답했다.

그 후로도 스님의 법문은 계속되었다. 생활에서 실천할 수 있는 것부터 살생하지 마라, 도둑질하지 마라, 사음하지 마라, 거짓말 하지 마라, 술 마시지 마라, 성내지 마라 등등.

특히 인욕忍辱을 강조했다. 욕됨과 억울함과 번뇌를 참고 모든 사람을 부처님처럼 대하고 하기 싫거나 어려운 일을 참는 것이 자아를 깨치는 길이라는 것이다. 또 다투지 말고 양심을 속이지 말며 혀는 자신을 죽이는 도끼이니 말을 함부로 하지 말라고 당부했다.

『보왕삼매론』 필사도 권유하였다. 한번 필사를 하고 소리 내어 읽어야 귀에 쏙쏙 들어온다고 하시며.

몸에 병 없기를 바라지 마라.

세상살이에 곤란 없기를 바라지 마라.

공부하는데 마음의 장애 없기를 바라지 마라.

수행하는데 마 없기를 바라지 마라.

일을 꾀하되 쉽게 되기를 바라지 마라.

친구를 사귀되 내가 이롭기를 바라지 마라.

남이 내 뜻대로 순종해주기를 바라지 마라.

공덕을 베풀려면 과보를 바라지 마라.

이익을 분에 넘치게 바라지 마라.

억울함을 당해도 밝히려고 하지 마라.

기도는 온 마음을 다해 정성스럽게 해야 발원이 된다며 건성건성 기도하는 내 모습이 못마땅하여 자주 말씀하셨다. 법문을 들을 때는 다 좋은 말씀이니 지켜야지 하지만 어리석은 중생인지라 자꾸만 잊어버리고 잘못을 하게 된다. 속가에서는 사는 게 바빠 불경을 더욱 멀리하였다.

스님이 입적하고 곁에 안 계신 이제야 스님의 깊은 뜻을 이해하고 받아들이려니 한없는 나의 죄업에 참회하고 있다.

죄망심멸양구공罪亡心滅兩俱空
시즉명위진참회是則名爲眞懺悔
죄와 생각 흔적 없이 모두가 공하여야
이것을 이름하여 참회라 하나이다.

죄악은 본래 없어 마음 따라 일어나니
마음을 비울 때 죄악 또한 사라지네.
죄악도 마음도 모두 다 사라지면
이것을 진실로 참회라 하네.

불경 사경(寫經)

　스님이 『반야심경』과 『천수경』, 예불할 때 하는 불경과 『법구경』, 『화엄경』 등 책을 주며 그냥 읽는 것보다 사경寫經(필사)하라고 하셨다.

　불경은 부처님이 하신 말씀이기 때문에 청정한 마음으로 사경에 임하는 일은 부처님의 마음을 가장 깊이 느낄 수 있는 기도이며 수행이다. 사경은 부처님의 가르침을 우리의 몸과 마음에 가득 채우는 성스러운 행위이다. 사경의 신앙은 경전의 뜻을 보다 깊이 이해하는 의미도 크지만 자신의 원력과 신앙을 사경 속에 담아 신앙의 힘을 키워 나가는 데 그 목적이 있다.

　한문으로 쓰인 불경들은 쉽게 외워지지 않고 뜻을 이해하기도 어려웠다. 한문을 쓰고 옆에 한글로 토를 달고 또 한글로 그 뜻을 써서 소리 내어 읽어야 하니 진도가 나가지 않았다. 무엇보다 즐겁고 재미있어야 하는데 하기 싫으니 짜증이 났다.

불경을 사경할 때 힘든 것은 잠과 싸움이다. 몇 줄 쓰지도 않았는데 졸리기 시작해 나중에 보면 글씨가 엉망이다. 어떤 때는 침을 흘린 자국도 있어 스님께 보여드릴 수 없어 찢어 버리고 새로 쓰기를 반복한 적도 있다.

제일 기본인 조석예불과 사시 때마다 하는 반야심경, 천수경, 신묘장구대다라니 정도 알고 있어야 하는데 하기 싫으니 좀체 외워지지 않는다. 그것 때문에 스님께 의지가 약하다, 머리가 돌머리다, 똑똑한 줄 알았더니 멍청하면 노력이라도 해야지 한심하다, 라고 꾸중을 들었지만 일부러 외우지 않은 것도 있다.

너무 잘하면 절에 붙잡혀 산을 내려가지 못할까 봐 야단을 맞으면서도 외우지 않았다. 무엇보다 스님이 될 것도 아닌데 왜 어렵고 재미없는 불경을 사경하고 외워야 하는지 그게 더 싫었던 것 같다. 그런 내 생각을 눈치챈 건지 외우기 싫으면 예불시간에 책을 보고 따라 하라고 하셨다.

불경을 사경하는 게 싫어 산중 생활이 더욱 힘들었다. 그래서 하루라도 빨리 집에 가고 싶어 늘 입이 나와 있었다. 하루는 또 사경한 것을 검사하려고 책을 들고 처소로 오라고 했는데 아프다는 핑계로 가지 않았다.

스님이 간식을 가지고 오셨다가 내가 방에서 혼자 큰 소리로 떠드는 것을 들었던 것 같다.

"내가 왜! 왜! 재미없는 이 어려운 공부를 해야 해. 스님 할 것도 아닌데. 스님 하고 싶은 사람만 하면 되지. 아휴! 집에 가고 싶어. 정말 하기 싫다고요! 싫어요."

그날 이후 지금까지 불경에 대한 말씀이 없다. 난 속으로 좋으면서 왜 그러실까 슬금슬금 눈치만 살폈다. 그래도 사경을 안 한다고 재촉하지 않으니 살 것 같았다. 스님과의 불경 외우기와 사경은 그게 마지막이었다. 그 뒤로 두 번 다시 입에 올리지 않으셨다. 그때 질려서 나 역시 불경 책을 멀리했다.

그 시절 소설을 좋아하고 팝송을 즐겼던 나에게 불경은 한없이 어렵게 느껴졌고 가피력에 대한 사례들도 뜬구름 같은 이야기로 들렸다. 내 안에서 일어나지 않는 불심부터 의심했다.

무슨 공부든 스스로 하고자 하는 마음에서 행해야 하거늘 강제성을 띤 불경 공부는 먼저 질리게 하였다. 하지만 육바라밀이나 보왕삼매론 같은 글들은 평생 생활의 지침서로 삼고 실천하려고 노력하며 살았다.

잠시나마 했던 산중 생활은 얻은 것도 많다. 속가에 살

면서 어지간한 힘든 일은 고생이라고 여겨지지 않으니 이
것도 부처님의 공덕이라고 할 수 있을까!

　먼 훗날 불혹의 나이에 대학 수능 공부를 시작해 대학
원을 졸업하고 책까지 쓰게 된 것은 꼭 우연만은 아닌 것
같다. 이 모든 것은 산중 생활의 경험과 스님께서 강조하
셨던 원력을 세워 간절한 마음의 기도가 있으면 이루어진
다는 그 마음이 나도 모르게 몸에 배어 있었나 보다.
　불교경전은 열심히 안 읽었지만 인생을 낭비하지 않고
나름 최선을 다해 살았다. 스님의 삶에 비하면 아주 미미
하지만, 그래도 늦게 공부해 책을 출간하여 드렸더니 잘했
다고 하시며 요즘도 경전은 멀리하느냐고 물었다. 내 대답
이 없자 허허 웃으신다. 포기하신 것 같다.
　왜? 그때 경전을 사경하여 스님을 즐겁게 해드리지 않
았는지 후회막심하다. 내 짧은 소견으로 집안에서 스님은
오빠 한 분이면 되지 굳이 나까지 그 고행의 길을 같이 할
필요가 있을까! 해서 일부로 경전을 더 멀리했던 것 같다.
　사람마다 바탕과 그릇이 다르고 뜻과 원이 서로 다르니
한 물건을 두고도 중히 여김이 다를 수밖에 없다.

　스님은 철저하게 계율을 지키고 언행일치가 일상화되

어 있어서 그 기대에 미치지 못한 말과 행동은 용납하지 않는다. 그러다 보니 스님을 뵈면 늘 긴장하고 조심스러웠다. 철없는 생각으로 남들한테는 자상하고 자비로우신데 왜 나한테는 조그만 실수도 이해하지 못할까 했었는데, 세월이 흐른 후 스님 마음을 이해하게 됐다. 나의 허물은 곧 스님의 허물이 될 수 있다는 것을.

스님께 제일 죄송한 게 불경 책을 멀리한 죄다. 요즘에 와서 다시 찾아 읽는, 『화엄경』과 『법구경』의 좋은 글귀들이 쏙쏙 귀에 들어오고 그 이치들을 이해하고 받아들이는 것에 있어 이렇게 즐겁고 행복한데, 그땐 왜 그렇게 싫어했는지 스님의 깊은 뜻을 못내 저버린 내가 미워질 때가 있다.

지금 생각해보면 스님은 내게 믿음을 갖게 하고 부처님의 가르침을 전법하려고 무던히도 노력하셨다. 그런 큰 뜻을 헤아리지 못한 나의 게으름과 어리석음이 진리에 다가가는 지혜의 바다를 외면한 죄로 두고두고 번민煩悶에 시달렸다.

새벽예불
– 도량석

스님은 새벽 2시에 일어나서 도량을 도신다. 보광전 어간문 앞에서 시작되는 목탁소리는 처음에는 작았다가 점점 커진다. 도량석은 새벽예불 전에 천지만물을 깨우고 도량을 청정하게 한다는 뜻으로 목탁을 치며 신묘장구대다라니, 사방찬四方讚, 도량찬道場讚, 참회게懺悔偈 등을 염송하며 절 주위를 도는 의식이다. 보광전에서 시작해 영산전까지 갔다 오면 곧바로 법당으로 들어가신다.

도량석이 끝날 때쯤 일어나 세수를 하고 공양물(다기물)을 법당에 올리고 삼배를 한 후 앉아서 기다리면 스님이 법당으로 들어오신다. 종송의 시작으로 원차종송변법계 철위유암실개명……. 새벽예불은 5시 30분에 끝난다. 예불소리가 어두운 산을 넘어 시방세계로 퍼져나간다.

처음 남장사에 갔을 때 새벽예불에 참석하는 것이 참으로 괴로웠다. 새벽에 일어나는 습관이 안 되어 있어 예불 시간을 놓치기 일쑤였다. 어떤 날은 곤히 잠들어 목탁소리를 듣지 못하거나 일어나기 싫어 자는 척하는 때도 있었다. 그러면 스님은 내 방문 앞에서 더 크게 목탁을 치셨다. 그게 미워서 버티어 볼까 하다가 크게 경을 칠까 봐 일어났다. 지금 생각해보면 나도 참 심술궂게 맞섰던 것 같다.

야단을 듣는 날은 하루 종일 입을 다물고 눈도 마주치지 않았다. 그러면 슬금슬금 내 눈치를 보셨다. 저녁에 스님 계신 방으로 불려 들어가 보면 간식이 준비돼 있다. 먹으라며 앞으로 내밀어주고 눈 감고 기다리셨다. 나도 어느새 마음이 따뜻해지며 하루 종일 심술부린 것이 마음에 걸려 미안했다.

불같은 성격에 잘못하거나 마음에 안 드는 행동을 하면 바로 불호령이 떨어지지만, 마음은 한없이 따뜻하고 여리고 정이 많으신 분이다. 그런 마음을 이해하기까지는 오랜 세월 함께하여만 알 수 있으니 그게 안타까울 때가 있다.

그래서 스님을 오해하는 사람들도 있어 '성격도 좀 죽이시고 부드럽게 말씀하세요' 하면, 그렇게 말하면 듣지 않는다고 히시며 빙긋이 미소를 짓는다. 그 미소는 알았다는 뜻이다. 많은 세월이 흐르니 스님의 성격도 온화해지고 성정이 유하고 약해지시는 것을 느꼈다.

어느 해 겨울 보름 정도 잠깐 절에 머문 적이 있었다. 공양주가 갑자기 나가버려 연락을 받고 가게 되었다. 산중 겨울은 해도 빨리 기울고 더 추운 것 같다. 언제나 나를 괴롭히는 것은 새벽 예불시간이다.

그날도 어김없이 목탁소리에 잠이 깼다. 밖은 어둠이 짙어 앞을 분간할 수 없고 간간이 눈발도 날리고 바람도 세차게 불었다. 이불 속으로 몸은 자꾸만 기어들어 가는데 머리는 빨리 일어나라고 재촉했다. 고양이 세수라도 하고 공양물을 떠서 법당에 올려야 했다. 나무아미타불 소리가 아직도 이불 속에 있냐고 꾸짖는 것처럼 가까이 들렸다. 그건 스님의 도량석이 내 방 앞에까지 왔다는 신호였다. 영산전까지 올라갔다 내려오면 바로 법당으로 들어가시기 때문에 더는 지체하다가 불호령이 떨어질 것이다.

겨울철 법당은 바람만 겨우 막은 것이나 다름없었다. 서너 평 남짓 되는 법당 문은 양쪽으로 열 수 있는 중앙 문과 양옆으로 한쪽으로만 열리는 문이 있다. 덧문도 없는 홑 문은 창호지로 발라놓은 것이 전부였다. 마룻바닥을 걷는 것은 얼음 위로 걷는 것처럼 차가웠다. 양말을 두 켤레씩 꺼 신어도 발이 시렸다. 내복에 스웨터, 조끼, 겉옷까지……. 그래도 추웠다. 백팔배가 도움이 되는 건 겨울이다. 추운 날씨에 몸이 뻣뻣하게 굳을 것 같은데 그때 절을 하면 굳은 몸이 풀린다.

그 시절 솜씨도 없는 내가 두꺼운 양모 털실로 스님 조끼와 목도리, 모자까지 떠서 드리니 예불할 때마다 하셨다. 선물을 받고 마음에 들어 하지 않으셨지만 따뜻한지 절에서는 계속하고 계셨다. 출타할 때는 절대 안 하셨다. 그 후로 뜨개질은 접고 사다 드렸다. 스님은 의복 하나도 정갈하게 입으셨다. 조계사 앞에는 스님이 단골로 다니는 가게가 있었다. 나도 그곳을 이용했다. 그곳에 가면 스님 사이즈가 있어 다 알아서 해주었다. 나중에 내가 직장을 다니고 돈을 벌면서 스님법복(장삼)을 제일 좋은 것으로 한 벌 해드렸다.

스님은 새벽 2시 도량석을 시작으로 새벽예불이 끝날 때까지 3시간 정도의 기도 정진을 하루도 빠짐없이 수행하셨다. 나는 백팔배와 반야심경을 끝으로 법당에서 나오지만 스님은 혼자 두 시간 정도 기도를 더 하고 나오셨다.

잠시 쉰 스님은 넓은 절 마당을 깔끔하게 쓸고, 아궁이의 재를 해우소에 직접 깃다 버리는 일까지 마치면 아침공양을 6시 30분에 하셨다.

아침공양이 끝나면 나는 설거지와 스님 방 청소, 법당 청소, 후원과 공양간 청소, 내 방 청소를 끝내고 쉰다. 쉬는 시간은 짧다. 10시 사시예불에 마지를 올려야 해서 가마솥에 불을 지피고 밥을 한다. 11시 30분쯤 예불이 끝나고 12시에 점심공양을 하면 저녁예불이 또 기다리고 있다. 저녁예불이 끝나면 불경공부를 시작한다. 불경공부는 시간이 정해져 있지 않다. 스님이 하고 싶은 법문이 끝나야 끝나는 것이다.

그때는 왜 저런 고행을 선택하나 이해를 못 했다. 반대로 스님은 나의 무지와 부족한 불심을 늘 안타까워하셨을 것 같다. 경전을 읽고 스스로 깨달아 지혜의 눈으로 세상을 살아가기를 원하셨는데 나는 눈을 감았다.

절
– 백팔배

　스님은 처음엔 사시예불에 참석하라고만 했지 자세한 설명이 없었다. 아마도 예불이 어떤 것인지 몸소 보여주려 하셨던 것 같다. 아무것도 모르고 할 줄 아는 게 없으니 서 있어야 되나 앉아 있어야 되나 좌불안석이었다. 곁눈으로 스님을 보며 대충 따라 했지만, 시간이 길어지자 지치고 지루해져 그냥 방석에 앉아 끝날 때까지 기다렸다.

　예불이 끝나고 스님은 법당에서 예절과 경내에서 예절을 꼼꼼히 알려 주셨지만 이내 잊어버렸다. 처음 접하는 불교 예절은 용어들도 낯설어 쉽게 다가오지 않았다. 스님은 한번 알려줬으니 잘하겠지 하셨던 것 같다. 모르면 재차 물어보고 습득하면 될 것을 내 성격이 그걸 잘 못한다. 이미 알려 주었는데 다시 여쭈기 싫으니 무슨 배짱인지 일 수 없다. 매사 스스로 터득하는 조금은 답답한 성격이라고 해야 하나 아님, 돌파구를 혼자 뚫고 가는 개척자라 해야 할까! 아무튼 그래서 마음고생 몸고생을 두 배로 한다.

촛불을 켜고 *끄는* 방법, 향을 피우는 법, 삼배佛 · 法 · 僧를 하는 이유, 백팔배에 대한 설명, 공양의 종류, 마음가짐 특히 예불시간뿐만 아니라 혼자 기도할 때도 꼭 빠지지 않는 것은 절이다. 백팔배는 기본이고 천배, 삼천배, 절을 많이 할수록 근기가 생기고 교만하지 않고 나와 남을 차별하지 않는 데서 무한 지혜와 자비심과 공덕이 생겨난다는 것이다.

또한 경내에서 예절로 몸가짐, 마음가짐 걸음걸이 목소리 모든 게 조용하고 엄숙해 숨이 멎는 것 같았다. 성질도 급하고 목소리도 크고 무슨 일이든 빨리 해치워야 직성이 풀리는데 매사 조심스럽게 하려니 답답해 죽겠다. 경내에서 뛰어다니다 한 소리 듣고, 큰 목소리로 노래 부르다 한 소리 듣고, 밥을 급하게 먹는다고 지적받고 스님이 보시기엔 길들여지지 않은 야생마 같았을 것이다. 그러다 보니 내가 왜? 절에서 살 것도 아닌데 이런 규칙들을 지켜야 하나 회의도 들어 반항적이기도 했던 것 같다.

절을 할 때 원력을 세워 기도하고 참회하는 기도를 하라고 했지만, 그게 마음에 와닿지 않았다. 그저 절하는 숫자 세기 바쁘고, 스님 절 언제 끝나나 기다리다 길어지면 슬그머니 법당을 나왔다. 법당에서 나와 맑은 공기를 마시며 절 마당을 한 바퀴 도는데 입에서 노랫소리가 아닌 반야심경을 읊는 소리가 나오고 있었다. 순간 나도 놀랐다. 습관이란 것이 무섭구나. 그러면서 두려움이 밀려왔다. 이러다 스님 되는 거 아닌가 하는 생각에 얼른 입을 닫았다. 지금 생각해보면 얼마나 어리석은지 웃음밖에 안 나온다. 스님께 그런 내 마음을 한 번이라도 터놓고 소통했다면 번뇌와 망상에서 허우적거리지 않았을 것을.

절에서는 기도법으로 절을 권유한다. 우리가 백팔배를 하는 것은.

첫째, 절을 통하여 아상我相을 꺾고 복밭福田을 이루기 위함이다.

"저의 가장 높은 머리를 불보살님의 가장 낮은 발아래 바치고 절하옵니다."

"저의 가장 귀중한 목숨을 바쳐 절하옵니다歸命頂禮."

만약 '나'를 높이는 아상을 버리고 절을 하여 하심下心을 할 수 있는 사람이라면 진실로 남을 위해 봉사할 수 있는 마음을 낼 수 있게 되고, 참된 봉사를 하면 내 마음이 저절로 편안해지며, 내 마음이 편안해지면 나를 대하는 모든 사람의 마음도 편안해질 수가 있다. 이렇게 하여 일체 사람을 편안한 세계로 인도하면 대복전大福田, 곧 큰 복밭을 만들어낼 수 있게 되는 것이다.

둘째, 업장소멸業障消滅, 곧 절을 많이 하여 속에 쌓은 업을 비워 내고 내 마음과 내 몸이 청정해지면 몽중가피夢中加被 현증가피顯證加被 명훈가피冥熏加被도 나타나게 되는 것이라고 한다. 곧, 중생심의 물이 청정해지면 보살의 달그림자가 거기에 나타난다.

삼배는 삼보三寶에 귀의하여 탐심 진심 치심의 삼독심三毒心을 끊고 삼학三學: 戒·定·慧을 닦겠다는 의지를 표명하는 것이고, 오십삼배는 참회 53불佛에 대한 경배, 일천배는 지금 우리가 설고 있는 현겁賢劫의 1천 부처님께 1배씩 올리는 것이며, 삼천배는 과거·현재·미래의 3대겁에 출현하는 3천 부처님께 일배씩의 절을 올리는 예법이다.

백팔배는 무엇인가? 108이라는 숫자가 108번뇌를 뜻한다. 108번뇌는 중생의 근본 번뇌로 육근六根과 육진六塵(六境이라고도 함)이 서로 만날 때 생겨난다. 눈眼, 귀耳, 코鼻, 혀舌, 몸身, 뜻意의 육근이 색깔色, 소리聲, 향기香, 맛味, 감촉觸, 법法의 6진을 상대할 때 먼저 좋다好, 나쁘다惡, 좋지도 싫지도 않다平等는 세 가지 인식작용을 일으킨다.

그리고 다시 좋은 것을 즐겁게 받아들이고樂受, 나쁜 것은 괴롭게 받아들이며苦受 좋지도 싫지도 않은 것에 대하여는 즐겁지도 괴롭지도 않게 방치하는捨受것이다.

곧 6근과 6진의 하나하나가 부딪칠 때 좋고好, 나쁘고惡, 평등하고平等, 괴롭고苦, 즐겁고樂, 버리는捨 여섯 가지 감각이 나타나기 때문에, 6×6=36, 즉 서른여섯 가지의 번뇌가 생겨나게 된다.

이 36번뇌를 중생은 과거에도 했었고 현재에도 하고 있고 미래에도 할 것이기 때문에, 6×6=36에 과거, 현재, 미래의 3을 곱하여 108번뇌가 만들어지는 것이다.

108번뇌는 108번의 절을 하는 동안 스스로 순화되어 삼매의 힘으로 변화된다. 흩어진 마음을 하나로 모아 일심의 원천으로 거슬러 올라가는 환멸還滅의 시간이 펼쳐지고 있는 것이다.

108번의 절은 번뇌를 끊는 의식이 아니라 깊은 삼매三昧 속으로 우리를 인도하는 방편이다. 우리가 매일매일 108의 정진을 통하여 삼매 속으로 몰입할 때 우리의 번뇌는 차츰 사라지게 된다. 삼매와 환멸과 성불! 이것이 우리가 108배를 하는 까닭임을 분명히 알아야 할 것이다.

- 『생활 속의 기도법』(일타, 효림출판사) 부분

산중 생활

초파일

초파일初八日이 다가오면 이삼일 전에 남장사에 갔다. 절에서는 일 년 중 가장 큰 행사이기에 손이 많이 필요하다. 연등 만들기, 법당 청소, 요사채 청소, 후원 일 거들어 주기, 스님 뵈러 오시는 보살님들 다과상 준비 등 바빠 움직여야 한다.

그 당시 신도들은 초파일에만 오는 사람들이 많아 후원에서 공양 음식 만들고 연등 만드는 일 등 절에서 봉사하는 것을 잘 몰랐다. 게다가 초파일 전날부터 신도들이 오기 때문에 접수받고 접수표를 연등에 붙여 보살님들이 보기 좋은 원하는 곳에 직접 걸어주어야 안심을 한다. 나이 지긋하신 보살님들은 밤새도록 자신의 등불 앞에서 기도하며 보낸다.

산중 생활

연등 공양은 부처님 앞에 등불을 밝혀 어리석음과 어두움을 없애고 부처의 지혜를 받아 불도에 이르게 하는 염원을 담고 있다.

어느 해 초파일은 남동생하고 며칠 전부터 참석해 연등을 만들었다. 동생은 관도스님과 동구 밖까지 연등 걸 줄을 줄을 쳤다. 정말 눈코 뜰 새 없이 바쁘게 움직였다.
다행히 공양간은 몇 분의 신도님들이 도와주기로 하여 후원은 신경 쓰지 않아도 되었다. 그 외 잔일들은 내가 편한지 스님이 수시로 일을 시켰다. 내게는 일머리가 있어 스님이 따로 지시를 하지 않아도 척척 알아서 눈치껏 했다. 손도 빠르고 몸을 아끼지 않아 웬만한 노동은 잘 견디었다. 아마도 일을 잘해서 믿고 맡기는 것인지도 모른다.

초파일 당일 행사까지 마무리하고 신도들도 절에서 다 내려가고, 좀 한가하다 싶어 관도스님과 동생, 함께 일한 신도들이랑 중궁암에 놀러 갔다.
중궁암 올라가는 중간쯤에서 그곳에 계시는 스님을 만났다. 고양이가 아파 병원에 가는 길이었다. 우리 보고 놀다 가라 하시며 간식이 있는 곳도 알려주었다. 우린 중궁암에서 간식도 챙겨 먹고 암자와 주변을 둘러보고 내려왔는데 시간이 좀 걸렸나 보다.

남장사에 도착하니 스님이 화가 얼마나 났는지 보자마자 한가하게 놀러 다니려면 당장 집으로 돌아가라고 호통을 치셨다. 스님께 미처 말씀드리지 않고 중궁암에 간 것은 잘못이었다. 그래도 열심히 일하고 잠깐 머리도 식힐겸 다녀올 수도 있지, 젊은 청춘들이 일탈을 꿈꿀 수도 있지, 그게 뭐가 그리 잘못이라고 불같이 역정을 내시는지 다른 사람들 보기에 민망했다.

처음으로 스님에게 반기를 들었다. 당장 집으로 가겠다며 말리는 동생을 뒤로하고 빨리 가방 챙겨 따라오라며 절을 내려왔다. 다시는 남장사에 오지 않을 거라 다짐하며 터벅터벅 걷는데 왜 그리 눈물이 쏟아지는지 하염없이 울었다. 동생은 가방을 들고 따라오면서 이렇게 가면 안 돼지, 하는데 들은 척도 안 하고 앞만 보고 걸었다.

일주문을 벗어나 뒤를 돌아보니 스님이 먼발치에서 바라보고 계셨다. 그 모습을 뵈니 마음이 아팠다. 그렇다고 다시 돌아가기는 싫었다. 무슨 쓸데없는 자존심인지 실컷 일해주고 인정도 못 받는 것 같아 서운함이 밀려왔다. 함께 간 일행들은 또 얼마나 불편할까. 이런저런 복잡한 생각이 순간을 참지 못하고 스님께 대들었다. 다시는 남장사에 오지 않겠다고 아픈 말을 뱉어버렸다.

산중 생활

집에 돌아와 불편한 마음이 계속 괴롭혔다. 먼발치서 바라보고 계신 스님의 모습이 떠올라 그 또한 괴로웠다. 행사가 끝나고 나면 뒷마무리가 중요한데 내가 없어도 잘하시겠지만 그동안 해오던 일이라 걱정이 되었다.

스님은 번뇌와 망상을 기도정진으로 참아내시겠지만, 어리석은 중생은 괴로움만 컸다. 석가모니를 찾고 관세음보살, 지장보살 다 찾아도 번뇌와 망상에서 벗어나지 못하고 있으니 갈 길이 멀다. 며칠을 참다가 결국 편지를 썼다.

편지 내용은 대충 이러하다.

'성냄과 어리석음으로 지은 잘못 참회합니다. 여러 사람들 있는 데서 화내고 돌아선 이 못된 성질 고칠게요. 스님 체면도 있는데 제가 참지 못해서 정말 죄송합니다……' 그리고 마무리하지 못한 일들을 자세히 적었던 것 같다. 그때는 전화가 없어 궁금해도 물어볼 수가 없었기 때문에 답답하실 것 같아서다. 스님 성격에 아무리 불편해도 전혀 내색하지 않는 분이기에 미리 알아서 해드렸다.

유인有人이 내해來害어든	누가 와서 해롭게 하더라도
당자섭심當自攝心하야	마음을 잘 단속하여
물생진한勿生瞋恨하라	성을 내거나 원망하지 말라
일념진심기一念瞋心起하면	한 생각 성내는 데서

백만장문개百萬障門開니라　　온갖 장애의 문이 열리느니라

〈주해〉

번뇌수무량煩惱雖無量　　　번뇌가 한량이 없으나

진만위심瞋慢爲甚　　　　성내는 것보다 더한 것은 없다.

열반운 도할 양무심　　　『열반경』에 "창칼로 찌르거

涅槃云 塗割 兩無心　　　나 치료약을 발라주는 두 가

　　　　　　　　　　지에 다 무심하라 하였으니"

진여냉운중 벽력기하래　　성내는 것은 찬 구름 속에서

瞋如冷雲中 霹靂起火來　　벼락이 일어남과 같은 것이다.

　　　　　　　　　　　 - 서산대사, 『선가귀감』 중에서

　무명無明의 구름에 가려져 미혹迷惑이 용솟음치는 곳에
믿음의 큰 바람을 일게 하시어 번민과 고뇌 위없는 깨달음
을 증득證得하게 해 주시옵소서.

공양

무더운 여름 날씨에 내린 빗줄기는 단비였다. 툇마루에 앉아 처마 끝에 매달린 맑은 풍경소리와 떨어지는 빗방울을 바라보고 있으니 목가적인 산사의 풍경風景을 자아내며 속세를 더욱 그립게 하였다.

전화가 있는 것도 아니고 누구하고 말할 사람도 없고 외로운 마음에 울적해지려는 기분을 털어내려고 〈빗속의 여인〉이라는 노래를 불렀다. '잊지 못할 빗속의 여인, 그 여인을 잊지 못하네.' 언제 오셨는지 외우라는 불경은 안 외우고 그런 정신머리로 쯧쯧 못마땅하여 크게 경을 치고 싶으신 표정인데 내가 안쓰럽게 보였나 그 정도에서 마무리하셨다.

나는 얼른 표정을 바꿔 "날씨도 궂은데 전이라도 부칠게요" 하며 자리를 벗어났다.

호박전을 뚝딱 만들어 스님께 갖다드리니 벌써 했느냐는 표정이었다. "제가 손이 빠르잖아요" 하니 스님은 웃으며 "나중에 굶어 죽지는 않겠다" 하셨다.

절에서는 스님이나 신도가 찾아오면 꼭 공양을 하였다. 그런 줄 알면서도 사람인지라 예정에 없는 공양 준비는 왜 그리 싫을까! 내 기분에 따라 가끔씩 변덕을 부렸다. 식재료가 있는 날은 그런대로 괜찮은데 별로 없는 날은 무슨 음식을 할지 고민에 빠진다. 그렇다고 스님께 재료가 없다는 말은 하기 싫다. 말을 한다고 한들 별 뾰족한 수도 없기 때문이다. 하여, 있는 재료들로 온갖 지혜를 짜내어 음식을 만들어야 한다.

요즘은 인터넷만 클릭 하면 수많은 요리 레시피가 올라온다. 당시는 요리책 한 권 없고 누구한테 물어볼 곳도 없어 속가에서 자주 해 먹은 경험으로 할 수밖에 없다. 지금이야 냉장고, 냉동고가 있어 밑반찬과 재료들이 가득하니 다양한 요리를 할 수 있지만 그때는 모든 게 열악한 환경이었다. 화구火具도 식재료도 레시피도 없는 그러니 순간 순간 온전히 내 아이디어에만 의존했다. 그러다 보니 평소에는 잘 참아내다가도 한 번씩 감정을 억제하지 못하고 폭발한다.

하루는 점심공양을 다 차렸는데 스님이 오셨다.

"공양 다 됐어요."

"공양은 조금 있다 하고, 세 사람 점심을 빨리 해야 할 될 것 같은데."

"네에! 누가 왔어요?"

"세 보살님이 지금 법당에 있으니, 그동안에 준비하면 돼."

"반찬도 밥도 없는데, 지금 다시 하라고요! 아니 오려면 미리 오든가 해야지! 그냥 간단한 다과상으로 하면 안 될까요?"

그 말이 끝나기도 전에 눈을 부라리셔서 움찔하며 입을 닫았다. 스님의 표정은 하라면 하지 웬 잔말이 많으냐는 것이다.

스님은 그렇게 가버리고 점심을 새로 할 생각을 하니 확 짜증이 났다. 예정에 없던 일이야 절에서는 자주 있지만 밥을 하려니까 속에서 울화가 치밀었다.

'뭐야! 이건 아니지. 말 한마디에 밥이 하늘에서 뚝 떨어지냐고.'

화가 나서 투덜거리며 공양을 준비했다.

'그나마 내가 손이 빠르니까 짧은 시간에 음식을 만들어내는 거지.'

쌀을 씻어놓고 표고버섯을 물에 담가두고 호박을 채 썰었다. 된장국을 끓일까 하다 아침에 갈아놓은 들깨가 있어 버섯들깨탕으로 메뉴를 정했다. 호박을 볶아내고 들깨탕을 끓인 다음 밥을 했다.

스님과 함께 세 보살님이 공양을 하러 왔다. 상에는 버섯들깨탕, 호박나물, 열무김치, 김, 생채, 콩나물무침으로 상을 차렸다. 나중에는 밥을 비벼 먹고 싶다고 하여 고추장과 참기름을 내주었다. 보살님들은 배가 고팠는지 너무들 맛있게 먹는다. 그 모습을 보니 마음이 뿌듯하고 훈훈하면서도 잠깐 동안 그런 마음이 드는 건 어쩔 수 없다.

80년대 들어 스님의 지역주민을 위한 복지활동이 활발해지자 신도가 많이 늘어났다. 또한 신도들의 봉사활동에 참여도가 높아지면서 나도 차츰 남장사를 찾는 일이 줄어들었다. 혹시라도 스님께 누가 될까 봐 대중이 많이 모이는 자리를 피하게 되었다.

결혼 이후 나 역시 생활에 묶여 시간이 자유롭지 못해 안부전화로 대신하고 뵙고 싶을 때 한가한 시간을 찾아 조용히 찾아뵈었다.

먼 훗날 스님을 뵙기 위해 남장사를 찾을 때는 미리 공

양하고 공양시간을 피해서 갔다. 공양주의 수고로움을 덜
어주고 싶었고, 여러 사람의 시선이 싫어 법당에 들러 삼
배를 하고 스님만 뵙고 돌아오곤 했다. 스님은 꼭 공양을
챙기시는 분이라 미리 먹고 가서 그때마다 서운해하셨다.

청소

쓱싹쓱싹 비질소리는 참 듣기 좋다. 일정한 간격으로 리듬을 타며 들리는 소리는 조용한 절이기에 가능한 것 같다. 한결같은 비질자국을 내며 청소하는 뒷모습이 아름다운 한 폭의 그림 같다. 그런 모습을 바라보고 있는 이도 마음이 맑아지고 청정해지는 것을 느낀다.

스님은 일주문 밖과 뒷문 밖까지 매일 깔끔하게 청소를 한다. 얼마나 정성을 들이는지 대충이란 게 없다. 무슨 일이든 정성을 다하고 최선을 다한다. 나도 깔끔한 성격에 완벽을 추구한다는 소리를 주변에서 자주 듣는데 스님은 한 수 위다. 사람들은 그런 내 모습을 보고 피곤하지 않으냐고 하지만 그렇게 안 되어 있을 때 오히려 피곤하다.

스님은 법당청소를 점검할 때도 눈으로만 슬쩍 하는 게

아니고, 손가락으로 쓱 만져보고 먼지가 묻어나지는 확인하신다. 그래서 구석구석 안 보이는 곳까지 빈틈없이 청소해야 한다. 지금처럼 청소기가 있는 것도 아니고 걸레로 두 번 세 번 먼지가 안 나올 때까지 닦는다. 여름철은 더워서 문을 열어두고 예불을 드리기 때문에 흙먼지가 들어온다. 그토록 꼼꼼히 청소하고 관리하니 법당과 사찰이 오랜 세월을 견디며 건재하리라 생각해본다.

절에서는 어느 것 하나 소홀하게 다루는 것이 없다. 모든 게 정성 속에서 이루어진다. 해우소도 얼마나 정갈하게 청소를 해놓는지 재래식이라고 해도 불쾌하지 않다. 깨끗하게 정돈된 모습은 나도 즐겁고 남도 즐겁고 행복하다.

스님 거처도 손수 청소하셨는데 내가 있는 동안은 해드린다고 우겨서 했다. 우리 집에서는 왕이었는데 절에 오니 하인이 따로 없네. 스님의 깔끔한 성격을 알고 있으니 온갖 힘을 다하여 청소를 하게 되어 청소 문제로 지적받는 일은 없었다. 불경공부를 안 해서 못마땅해하셨지.

언제나 청결한 상태를 유지할 수 있다는 것은 부지런함의 상징이다. 어릴 적에 아버지는 대문 밖이 깨끗해야 복이 들어온다며 매일 아침 빗자루를 들고 집주변을 쓰신 모습이 떠오른다. 실험에서 보았듯이 사람들이 꽃이 있고 깨

끗한 곳에는 쓰레기를 버리지 않는데, 더러운 곳은 담배꽁
초와 쓰레기를 버리는 것을 텔레비전에서 봤다.

예전에 알고 지내던 동생은 부부가 선생님이다. 그녀는
사람은 참 좋은데 요리하는 것을 너무 싫어해 남편이 대신
음식을 한다. 게다가 그 집에 가면 앉을 자리가 없을 정도
로 어지럽혀 있어 한쪽으로 치우고 앉아야 할 정도이다.

그녀는 어려서부터 공부만 하고 살림을 배우지 않아 어
떻게 하는지 모르고 있다. 그 집 남편은 아침에 빈속으로
출근한다. 출근길이 우리 집 주방 창문을 거쳐서 가게 되
어 있어 음식냄새를 고스란히 맡게 된다. 하루는 그녀 남
편이 우리 집의 음식냄새를 맡으면 부모님 밥이 그립다고
한 말에 충격을 받았다고 한다. 하여, 지금이라도 늦지 않
았으니 본인이 원하면 가르쳐줄 테니 배우라고 했다.

"언니네 집은, 매일 음식을 하면서도 항상 깨끗해요."

"아주 간단해. 기분 나빠 하지 않으면, 그 비결 알려줄
게."

"기분 나쁘긴요! 난 치워도 제자리인데요."

"동생 청소하는 거 보면, 치우는 게 아니라 이쪽에서 저
쪽으로, 저쪽에서 이쪽으로 자리만 바꾼 거야."

"그랬나요?"

"큰 박스를 사서 장난감은 한곳에 담고, 책도 바닥에 쌓아두지 말고 공간박스를 사서 꽂아두고, 안 쓰는 물건은 모두 버려. 그리고 모았다가 한 번에 치우지 말고 바로바로 치우는 습관이 중요해."

그 동생은 열심히 배우고 노력하는 모습이 예쁜 사람이다. 머리가 좋아서 그런지 하루가 다르게 발전하는 모습을 보니 내 마음이 흐뭇하다.

일상생활에서 청소는 아주 중요한 의미를 갖고 있다. 매일 아침 시작되는 청소는 그날그날 자신을 돌아보고 점검할 수 있는 마음가짐이다. 이 마음가짐은 단순한 마음가짐이 아니라 맑고 청정한 정신 상태를 유지할 수 있어 하루의 기분을 좌지우지한다.

나는 여행을 다녀와 밤늦게 도착해도 새벽까지 짐 정리와 빨래를 끝내고 잠을 잔다. 잠을 줄여서라도 치워야 마음이 뿌듯하고 즐겁다. 이러한 정리 정돈은 습관처럼 몸에 배어 있어 매일 밥 먹는 것처럼 하루의 일과라 생각하면 즐겁게 할 수 있다.

해우소

어둠에 갇힌 밤은 무서움과 공포를 안겨주더니 밝은 햇살이 비치는 고즈넉한 절의 풍광風光은 안온함을 안겨준다. 이 같은 풍광은 밤이나 낮이나 똑같을 텐데 내 마음의 무명無明으로 인하여 느껴지는 것이리라!

그 시절 견디기 힘든 것이 또 있었다. 밤에 해우소(뒷간) 가는 일이다. 내가 묵고 있는 방은 공양간 위에 있는 처소였고, 해우소는 절에 들어오기 전 후문 밖에 있었다. 그러니까 내 처소와 해우소는 끝과 끝에 있어 그 거리가 상당히 멀었다. 보름달이 있을 때는 그래도 갈 만한데 칠흑같이 어두운 밤에는 손전등이 있어도 앞이 잘 안 보인다. 이디시 무엇이 툭 튀어나올 것만 같아 머리끝부터 발끝까지 긴장하여 몸이 뻣뻣하게 굳을 정도이다. 그래서 저녁공양 이후로는 물도 안 마신다. 해지기 전에 해우소 다녀오는 것은 필수였다.

그러나 예외는 항상 있는 법. 달도 안 뜨는 그믐날, 그야말로 캄캄한 야밤에 소변이 마려워 몇 시간을 참다가 더는 배를 쥐어 짤 수 없는 지경이 되어 처소를 나섰다. 하지만 도저히 무서워 해우소까지 갈 용기가 없다. 나는 유난히 무서움을 많이 탄다.

생각다 못해 공양간 뒤에 계곡으로 내려가는 길목에서 볼일을 봤다. 죄책감은 그다음 일이고 좀 전의 지옥에서 천국에 온 것처럼 짜릿한 쾌감마저 들었다. 낮에 절에 제사가 있어 밤에 군것질을 하고 물을 좀 먹었더니 뱃속은 거짓말을 못 한다.

다음 날 새벽. 도량 도는 목탁소리에 벌떡 일어나 스님이 아시기 전에 혹 냄새라도 날까 봐 대야에 물을 담아 몇 번이나 갖다 부었다. 아침공양 시간에 스님과 마주 보고 앉아 공양을 하는데 밥맛도 없고 고개를 들 수가 없다. 공양이 거의 끝나갈 때쯤 넌지시 볼멘소리로 물었다.

"스님은 이 생활이 좋으세요?"

"어디인들 사람 사는 곳이 다 똑같지. 마음 먹기 달렸지."

"스님, 저는 다 참고 견디는데요. 밤에 해우소 가는 것은 죽을 만큼 싫어요."

스님은 아무 말씀도 없이 나가며 오늘 출타할 일이 있으니 절 잘 지키고 있으라고 했다. 그 말은 방에서 잠만 자지 말고 법당 청소랑 스님 방 청소, 후원 청소를 하라는 뜻이다. 스님 안 계시다고 게으름 피울까 봐 당부를 하셨다. 절 마당이야 스님이 열심히 쓰시니 항상 깨끗했다. 아궁이의 재를 퍼서 해우소에 갖다 버리는 일과 해우소 청소도 스님이 도맡아 해서 편했다.

그런데 가만히 생각해보니 속으로 투정이 났다.

'내가 행자스님도 아니고 동생이라도 그렇지 이렇게 막 부려먹어도 되는 거야.'

하지만 스님이 출타하신다니 즐거웠다. 언제 부를지 몰라 긴장하지 않아도 되고 점심공양 준비할 필요도 없고 법당 청소와 스님 방 청소를 빨리 끝내고 낮잠이나 실컷 자야지 하는 생각 하니 왜 아니 좋을까!

나중에 느낀 것이지만 노동이 머릿속 잡념도 없애주고 시간도 잘 가고 밥맛도 좋고 몸과 마음이 함께 건강해지는 것을 알 수 있다. 엄마가 항상 죽으면 썩어질 몸뚱어리 아끼지 말라고 했던 말이 씁쓸하게 떠오른다. 그것도 수행의 일종이다. 저녁 예불시간에 맞춰 스님이 돌아오셨다. 스님은 법당에 들어오면 청소가 잘되어 있는지 꼭 확인하였다. 옅은 미소가 보이는 것은 만족한다는 뜻이다. 난 속으로 나무관세음보살을 몇 번이고 되뇌었다.

하루 일과를 마치고 처소의 방문을 열었는데 요강이 놓여 있다. 너무나 반가워 하마터면 소리를 지를 뻔했다. 방 안에서 요강을 끌어안고 몇 번이고 빙글빙글 돌았다. 이제 밤에 해우소 안 가도 되니 살 것 같았다.

원효대사의 유명한 일체유심조一切唯心造에 대한 이야기가 떠오른다. 의상과 함께 당나라로 유학을 떠나 중국으로 가던 도중에 날이 어두워 동굴에서 하룻밤을 자는데, 잠결에 목이 말라 바가지에 담긴 물을 벌컥 들이마시고 '그 물 참 달고 시원하다' 하였는데, 다음 날 눈을 떠보니 동굴이 아닌 파묘破墓된 무덤 앞에서 해골바가지에 담긴 썩은 물인 것을 알고 구토를 하게 된다. 원효대사는 그런 일을 겪고 '모든 일은 마음먹기에 달렸다'는 것을 깨닫고 중국 유학을 포기하게 된다.

마음이 무서움을 지어낸다고 하지만 빛이 없는 밤은 앞을 분간할 수 없어 두려움이 먼저 앞서는 것을 낸들 어쩌랴! 무서움을 느끼지 않을 경지까지는 아직 갈 길이 멀어 보인다.

지병

세찬 비바람 소리와 계곡물 소리에 밤새 뒤척이다 겨우 잠 들었는데 도량석 도는 목탁소리에 무거운 몸을 일으켰다. 바람도 잦아들고 빗줄기도 약해졌지만 밖에는 아직도 비가 내리는데 스님의 도량석은 멈추는 법이 없다. '아휴' 이런 날은 쉬시면 좋으련만 마땅치 않아 구시렁거리며 옷을 주섬주섬 챙겨 입었다. 팔월 중순이 넘어가니 산중 새벽은 쌀쌀하여 카디건을 하나 더 걸치고 나갔어도 추워서 몸이 움츠러든다.

공양물을 가지고 법당에 들어가 상단에 올리고 스님 예불 방석을 정리한 후 내 자리에 가서 삼배를 하고 앉아 스님 들어오길 기다리는데 몸이 으슬으슬 춥다. 이럴 때 절을 하면 몸에 열이 나면서 몸이 좀 유연해지는데 그것마저 귀찮아 눈을 감고 앉아 깜박 잠이 들었다. 스님 목탁소리에 눈을 번쩍 뜨고 태연하게 평소처럼 행동하려는데, 잠이 덜 깼나 부자연스러운 행동이 실수를 반복한다. 책을 보고 읽는데도 반야심경과 천수경이 자꾸 틀려 그때마다 스님의 목탁소리가 더 크게 들렸다.

새벽예불인 천수경과 백팔배, 반야심경이 끝나면 난 처소로 돌아가 잠시 쉬다 아침공양 준비하면 된다. 스님은 5시 30분까지 기도와 염불을 매일 하신다. 이렇게 궂은 날은 스님의 허리통증이 심할 것 같아 아궁이에 불을 지피고 가마솥에 물을 끓였다. 예불이 끝나면 절 마당을 쓰시는데 비가 오니 그 시간에 뜨거운 찜질을 해드려야겠다. 처음엔 찜질을 거절하고 파스를 부쳤는데 내가 우겨서 해드렸더니 편안해하셨다.

스님에게는 두 가지 지병이 있다. 젊어서 허리를 다쳐 날씨가 흐리거나 비가 올 때 특히 겨울철 추운 날씨에는 허리통증이 심했다. 뜨거운 찜질을 해드리면 그나마 편안해하셨는데 그것도 잠깐 동안이었다. 그 누구에게도 말 안 하고 평생을 혼자 감당하였을 거라 생각하니 마음이 아려온다.

기관지도 안 좋으셨다. 그래서 감기라도 걸리면 기침을 많이 하셨다. 스님은 유난히 추위를 많이 타셨다. 더위는

산중 생활

잘 이겨내는데 겨울철이면 기관지가 안 좋아 몸을 따뜻하게 해줘야 한다. 그런데 법당이 워낙 춥다 보니 감기라도 걸리면 기침 때문에 많이 힘들어하셨다. 그런 날은 예불을 쉬면 좋으련만 그 자리에서 쓰러지실망정 있을 수 없는 일이다. 몸이 편찮으셔도 수행정진은 한 치의 흐트러짐이 없어 존경스럽게 생각이 들다가도 꼭 저렇게까지 해야 하나. 에고 난 죽었다 깨어나도 스님은 못하겠다.

스님의 고행을 보면서 불경과 절을 멀리하게 만드는 계기가 되었지만 훗날 뒤늦게 깨달았다. 집착과 번뇌 망상을 떨쳐내려면 마魔가 낄 여유를 주면 안 된다는 것을. 출가했으면 계율을 지키고 수행하는 것이 기본이다. 그 마음을 헤아려 드리지 못하고 불평불만을 늘어놨으니 스님도 어지간히 참으셨구나 생각이 미치자 부끄러움은 언제나 내 몫이다.

스님이 평상심으로 하심을 실천하신 것도 바로 믿음에서 비롯된 신심인 것을 나중에 경전의 뜻을 이해하고 참회하는 못난 중생이다.

신무구탁심청정信無垢濁心清淨이요
멸제교만공경본滅除憍慢恭敬本이며

역위법장제일재亦爲法藏第一財요

위청정수수중행爲清淨手受衆行이니라

믿음은 혼탁함이 없어 마음이 청정하고

교만을 없애고 공경의 근본이 되네.

믿음은 또한 법의 창고에서 제일가는 재물이요

훌륭한 손이 되어 온갖 일을 다 수행하게 되네.

신심이 있는 사람은 그 마음이 혼탁하거나 침침하거나 흐리
지 않고 저 맑은 가을 하늘과 같이 밝고 맑고 청정하다. 또 불법
에 신심이 깊은 사람은 절대로 교만하지 않고 겸손하며 남을 배
려하는 마음이 곧 하심이라는 최고의 교훈을 알고 있기 때문에
만나는 사람마다 공경하고 예의를 갖춘다. 무릇 하심下心 하는
사람에게는 만 가지 복이 저절로 돌아오게 된다.

– 화엄경 현수품 중『대방광불화엄경 강설』(무비 스님, 담앤북스) 부분

스님은 평생 이웃과 나누는 삶을 중요시하였으며 몸소
실천하고 행동으로 모범을 보이셨다. 이러한 수행修行의
근본은 중생에게 한결같이 하심下心하는 마음의 평정심을
근간으로 하고 있다.

기도

스님이 출타하고 혼자 남아 법당 청소가 거의 끝나갈 때쯤, 꼬부랑 할머니가 쌀을 머리에 이고 땀을 뻘뻘 흘리며 힘겹게 보광전 앞으로 올라오고 계셨다. 얼른 달려가 쌀을 받아주고 툇마루에 앉아 쉬시게 한 다음 후원으로 가서 물을 갖다드리니 벌컥벌컥 들이켜신다.

"이 더운 날씨에 어떻게 오셨어요? 주지스님도 안 계시는데요."

"괜찮아. 법당에서 기도하면 되지. 근데 예쁜 처자는 어찌 혼자 여기 있어?"

"아! 그게, 공양주로 잠깐 있어요."

"그려."

할머니가 더 이상 묻지 않아서 다행이다. 산길을 올라오시느라 지치고 힘들어 말할 기운도 없을 것이다.

산중 생활

나는 절에 있으면서 그 누구에게도 동생이라고 내 입으로 말하지 않는다. 스님이 그렇게 하라고 한 적도 없지만 내가 행동을 잘못해 혹시라도 민폐를 끼치게 될까 봐 조심해서다.

할머니를 보광전에 모셔드리고 후원으로 가서 쌀을 씻어놓고 석유곤로에 불을 붙여 된장국을 먼저 끓였다. 감자와 표고버섯, 호박, 풋고추를 넣어 끓인 된장국과 깻잎장아찌, 열무김치, 상추, 풋고추, 쌈장으로 점심공양을 준비했다. 절에서는 파, 마늘, 부추, 양파, 달래 이런 양념이 없어서 주로 된장, 조선간장, 고추장, 소금으로 간을 맞춘다. 육수는 다시마와 표고버섯 등 야채들로 자연육수를 내고 반찬을 만들었다.

보살님은 한 시간 넘게 기도를 하고 나온 것 같다. 보살님과 겸상으로 상을 차렸다.

"보살님, 점심공양 드세요."

"안 그래도 되는데, 괜히 처자를 귀찮게 하구만."

"아니에요. 저도 보살님 덕에 점심공양 하는걸요. 혼자 밥 찾아 먹기 싫어 건너뛰려고 했어요."

"그렇다면, 함께해야지."

"근데, 이 더운 날 무슨 기도 하시러 산길을 걸어오셨어요?"

"아들이 먼 길 떠나는데 한동안 볼 수 없어, 그래 부처님께 무탈하게 해달라고 기도하러 왔지. 다리가 아파 백팔배 하는 데 시간이 좀 걸렸지."

엄마들은 언제나 자신보다 자식이 먼저인 것 같다. 자식을 위해서라면 그 어떤 희생과 고난도 이겨낼 수 있는 힘이 무한대이다.

기도는 자신보다 타인을 위해서 간절히 하는 것이 소원을 성취할 수 있다고 책에서 읽은 것 같다.

"보살님의 지극한 정성에 감동받아, 아드님은 무탈하게 잘 지내실 거예요."

음식이 맛있다며 솜씨가 좋다고 칭찬하고 돌아가시는 할머니 모습을 보며 집이 그리워졌다. 또 외로움이 밀려왔다. 그 기분을 털어내려고 보광전 법당에 들어가 기도하기로 했다. 어차피 저녁예불 준비도 해야 해서 법당에 들어가 삼배를 하고 백팔배를 시작했다.

'거룩하신 부처님께 대자 대비하신 관세음보살님께 간절히 비옵나이다.'

'저의 근기가 부족하고 믿음이 약해 번뇌와 망상에서

벗어나지 못하고 갈 길 잃고 헤매는 이 철없는 중생을 굽
어살펴 주시옵소서.'

'부처님의 무한한 지혜와 자비의 빛으로 믿음의 큰 바
람을 일으켜주시고, 어두운 마음을 밝혀 주시옵소서.'

'모든 생명과 모든 사람들을 행복하게 해주시고 간절히
원하는 일이 이루어지게 가피를 내려주소서.'

기도문은 더 이상 안 떠오르고 잡생각만 하다가 어느새
절하는 숫자만 세고 있다. 쉰하나 쉰둘 쉰셋 …… 아흔아
홉 백 백하나 ……. 기도는커녕 백팔배가 고지에 있어 그
게 더 즐거웠다. 역시 난 진정한 불자가 아니야 부처님 용
서해주세요. 그래도 부지런하게 착하게 살게요.

백팔배가 끝나자 그래도 오늘은 기도를 많이 했다고 자
위自慰하며 흐뭇했다.

나무 석가모니불 나무 석가모니불 나무 시아본사 석가
모니불.

기도 끝. 웃음이 절로 났다.

천도재

스님이 입적하기 몇 해 전 전화를 하셨다. 조상님들의 천도재를 마지막으로 드리려고 한다며 가족대표로 혼자 참석하라고 하셨다.

"스님! 무슨 천도재요? 제사도 잘 지내고 있는데요."

마지막으로 조상님께 인사를 드린다는 것이다. 떠날 준비를 하고 계셨다.

"제가 준비할 것은 없는지요?"

여쭤보니 그냥 오면 된다고 하셨다.

천도재 날 남편과 함께 남장사에 도착해 보광전 법당에 들어가니 천도재 준비가 다 되어 있었다.

스님은 종갓집 종손으로 역할을 못 한 것이 마음에 걸리셨나 보다. 삼대독자 외아들이신 아버지의 장손으로 가문의 대를 잇지 않은 것을 미안해하신 걸까! 가문을 무엇보다 중요하게 여긴 아버지는 문중의 기대를 한 몸에 받고 있는 종손이 스님이 된 것을 무척이나 아쉬워하셨다.

아버지가 계실 때는 종묘제례에도 참석했는데, 아버지 돌아가시고 불참하게 되었다. 그 뒤를 스님이 해주기를 간절히 바라셨겠지만 마음뿐이다. 스님도 그 마음을 알고 계시리라 믿는다.

스님이 병석에 계실 때 자주 고향을 그리워하고 선산을 가보고 싶어 하는 마음 이해가 되었다. 입적하기 3년 전에 선산에 모시고 간 것이 마지막이다.

결혼을 하고 얼마 되지 않아 이상한 꿈을 꾸었다. 꿈에 알지도 못하는 사람들이 나타나 추워 죽겠다고 한다. 처음은 그냥 모른 체했는데 똑같은 꿈이 반복되자 남편에게 당신의 조상들이라며 자꾸만 춥다고 하는데 무슨 일 같으냐? 남편도 의아해할 뿐 내 말을 믿으려 하지 않는다. 나는 어릴 적부터 꿈이 잘 맞았다. 어떤 때는 사람들 많은 데서 너무 신기하게도 잘 알아맞혀 엄마가 난감해하며 쓸데없는 소리 한다고 꾸중을 듣기도 했다.

남편을 졸라 산소를 한번 가보자고 했다. 산소에 가보니 남편의 할아버지부터 아버님, 어머님, 형님 산소까지 봉분은 거의 사라질 정도고 잔디는 온데간데없으며 봉분 여기 저기 구멍이 송송 뚫려있었다. 우리 집 선산의 산소들과 비교하니 어이가 없었다. 남편도 그동안 객지로만 떠돌아 결혼 전까지 산소에 무관심했던 것 같다.

아! 이거였구나. 그래서 산소에 잔디를 새로 입혔다. 또 주변 둘레 잡나무와 잡풀들을 없애고 햇빛이 환하게 비칠 수 있게 해드렸더니 거짓말처럼 꿈에 나타나지 않는다.

몇 년이 지나 안산에 살 때 또 이상한 꿈을 꾸었다. 많은 사람들이 양푼을 들고 나타나 배가 고파 죽겠다고 했다. 그냥 별거 아니겠지 무시했다. 그랬더니 이번에는 자신이 이 집안의 제일 큰형님이라며 현재 있는 장손을 죽이겠다고 쫓아다니고 그 조카가 숨겨달라며 나를 찾아오는 꿈을 꾸었다.

같은 꿈을 여러 번 꾸니 무섭기도 하고 무시할 일도 아니어서 평소에 다니던 절의 스님을 찾아뵙고 자초지종 말씀드렸다.

결혼을 하니 스님이 남장사가 너무 머니까 근처 가까운 절에 다니라고 하여, 집에서 30분 거리에 있는 절에 다니고 있었을 때였다. 그 절의 스님은 기도를 잘하는 스님으로 알려져 있다. 그 스님 말씀이 억울하게 죽은 조상들이 많은 것 같다며 조상님들의 천도재를 지내주는 것이 좋을 것 같다고 하신다.

천도재는 자력의 천도와 타력의 천도가 있다. 자력의 천도는 살아생전에 불경을 공부하고 참선, 염불 등의 수행을 많이 한 사람이 죽은 후에도 미혹에 휩싸이지 않는다는 것이다. 타력의 천도는 다른 사람이 죽은 자로 하여금 좋은 인연처로 나아갈 수 있게 빛을 비추어주는 것. 그것은 공양, 독경, 염불, 법문 등으로 구성되어 있는 재의식을 말한다.

그때부터 남편의 가족 역사를 추적했다. 남편은 위에 제일 큰형님이 계시는 것을 모르고 있었다. 칠 남매의 막내이니 집안일은 잘 모르고 위에 누님이 네 분 계시지만 얘기 안 해주면 모르는 일이다. 큰형님으로 알고 있는, 즉 장손의 아버지는 이미 돌아가셨고 둘째 형님은 조상들에게 별로 관심이 없어 보였다.

누님들도 제일 큰 오빠가 있다는 것을 모르셨다. 그래서 족보를 찾아보니 이름은 올라있으나 어렸을 적에 사망하여 누님들과 남편의 기억에는 없었다. 또 젊은 나이에 돌아가신 가족이 있고 전부 뒷조사를 하니 무려 열 명이 넘었다.

누님들은 그까짓 꿈을 믿고 뭐 그렇게 요란 피우나 하

였지만 나는 그럴 수가 없었다. 그런 꿈을 꾸는 것도 나였고 괴로운 것도 나였으니. 누님들 말이 섭섭하여 기도 스님께 찾아갔다. 내 조상도 아닌데 왜 내 꿈에 나타나 그러냐고 물어봤다. 그 스님은 영가들도 다 들어줄 만한 사람한테 나타나는 것이라고 한다. 그동안 남편 가족들의 무관심으로 영가들이 떠돌다가 신심이 깊은 내가 시집을 오니 이때가 기회라는 것이다.

우리 아버지는 종갓집 장손이었다. 부모님이 조상님들 모시는 시제와 제사를 아주 소중하게 생각하고 온갖 정성을 다하는 모습을 보다가 남편 집을 보니 비교가 되었다. 한 번도 뵌 적 없는 조상들, 내가 결혼할 때는 이미 시부모님은 다 돌아가시고 안 계셨다. 자식을 하나도 낳지 않은 새어머니가 계셨지만 그분 돌아가셨을 때는 천도재를 지내드렸다.

기도 스님께 천도재를 부탁하고 필요한 것을 준비하여 천도재 날 찾아뵈니, 스님의 안색이 영 안 좋으셨다. 밤새 영가들과 씨름하느라 피곤하다고 하신다. 한 영가가 들러붙어 좀체 안 떨어져 애를 먹었다고 한다. 이런 천도재를 지내고 나면 기도 스님은 며칠씩 앓기도 한다고 하니 죄송했다.

천도재를 지내고 나니 조상들이 꿈에 나타나 웃는 얼굴로 배부르다 하시며 사라지는데 얼굴의 형태는 정확하지 않고 희미한 그림자들이라고 해야 할까! 그날 이후 지금까지 다시는 조상님들이 꿈에 나타나지 않았다.

영가의 세계를 달리 보지 말고 정을 쏟고 마음을 주며 피안의 세계로 나아갈 수 있게 인도해주는 것이 산 사람에게도 이롭다고 한다.

가피력

　20년 전 여름, 세 집 가족이 강원도 고성으로 여름휴가를 떠났다. 새로 지은 펜션을 예약했는데 일층과 이층으로 된 큰 방을 세 가족이 함께 쓰기로 했다. 펜션에 도착한 그날은 바람이 몹시도 세차게 불고 있었다. 그런데 어린 강아지 한 마리를 펜션에서 뚝 떨어져 있는 곳에 개집도 없이 묶어 놨다. 강아지들이 바람과 천둥번개를 얼마나 무서워하는데 저럴까 싶어 목줄을 풀어 우리가 묶는 방 앞 데크에 묶었다.

　나중에 펜션 주인이 왔는데 젊은 부부였다. 강아지에 대해 이야기를 하니 지인이 키우라고 줬는데 처음이라 잘 몰랐다며 개집 있는 곳을 알려줬다. 우리가 있는 동안은 그냥 방 앞에 누기로 했다. 강아지가 굶었는지 밥을 주니 허겁지겁 먹었다. 물까지 먹고 가지고 간 큰 수건을 깔아주니 곤히 잠들었다. 함께 간 일행들은 강아지 그만 챙기고 밥 먹으라며 못마땅해했지만 내가 개를 키우고 있어 그러려니 하였다.

다음 날 데크 앞에 놔두면 다른 사람들이 보고 괴롭힐까 봐 강아지 집을 찾아 우리 방 뒷문 밖에다 두고 밥과 물을 챙겨주고 우린 물놀이를 갔다. 저녁때쯤 돌아오니 강아지 밥과 물이 그대로 입도 대지 않았다. 무슨 일인가 싶어 안을 들여다보니 반가워서 어쩔 줄 모르는데 밖으로 나오지를 않는다. 할 수 없이 손을 집어넣어 천천히 앞다리를 밖으로 끄집어내니 그때서야 나온다. 아! 아직은 아기라 경험이 없어 녀석이 개집에 들어갈 때 내가 직접 넣어줬더니 밖으로 나오는 것을 몰랐다. 그제야 똥을 누고 오줌을 싸니 하루 종일 참았을 것을 생각하니 불쌍하고 마음이 아팠다.

다시 강아지를 방 앞 데크에 묶어두고 우린 숙소에서 저녁을 마치고 잠자리를 정하는데 남편이 이층 방에서 자겠다고 올라갔다. 잠자리를 챙겨주러 이층에 올라가니 커다란 벽장문이 높이 있는데 눈에 거슬리고 마음이 불편했다. 해서 남편보고 아래층에서 자라고 했는데 내 말을 듣지 않았다. 아들도 이층에서 자겠다고 올라왔는데 엄마 기분이 별로 안 좋으니 일층에서 자자고 했더니 흔쾌히 오케이 했다.

아빠들 셋이 이층에서 자고 남은 사람들은 모두 일층에서 잤다. 새벽에 이상한 꿈을 꾸었다. 강아지가 살려달라 애원하는 꿈이었다. 나도 모르게 벌떡 일어나 밖으로 나가니 녀석의 묶인 줄이 놀다 그랬는지 이리저리 꼬여 대롱대롱 허공에 매달려 있다. 얼른 강아지를 높이 들고 정호야! 빨리 가위 가지고 와! 큰 소리 치니 아들도 자다가 놀라 엄마의 가위, 가위 하는 소리를 듣고 주방에서 가위를 가지고 왔다. 가위로 강아지 목줄을 자르는 순간 쿵 하는 굉음이 들려 모두가 잠에서 깼다.

그 소리는 이층 벽장문이 떨어지는 소리였다. 벽장문은 남편의 베개로 떨어졌다. 떨어진 벽장문은 베개를 찍고 남편 얼굴의 반대 방향으로 넘어졌다. 하얗게 질린 남편은 놀라서 꿈쩍도 못 하고 있었다. 남편 친구들도 너무 놀라 펜션 주인을 불러 경찰에 신고해야겠다며 펄펄 뛰었다. 만약 사람이 죽었으면 어쩔 뻔했냐고 다그치자 젊은 부부는 사정사정했다. 펜션은 준공검사도 떨어지지 않은 상태였고 휴가철이라 논 욕심에 손님들을 받은 거였다.

나는 펜션 주인에게 말했다. 이 모든 것은 강아지가 우리 남편도 살렸지만 당신네 부부도 살린 것이다. 마침 펜션 주인은 임신 중이었다. 생명의 소중함은 사람이나 동물이나 똑같은 것이니 강아지 키울 형편이 안 되면 좋은 사람에게 입양을 보내라고 했다. 아들은 데려가 키우자고 했지만 이미 키우고 있는 강아지가 있어 자신이 없었다. 해서, 펜션 주인에게 오만 원을 주고 강아지 미용을 깨끗하게 씻겨 동물병원에 의뢰하면 좋은 사람 만나게 해줄 거라며 꼭 결과를 알려달라고 했다. 그 조건으로 벽장문 사건은 없던 걸로 했다.

휴가를 마치고 집에 돌아오니 며칠 후 펜션 주인에게서 전화가 왔다. 부탁한 대로 강아지를 미용시켜 좋은 사람한테 입양을 보냈다고 한다. 고성을 떠나온 뒤에도 강아지가 눈에 밟혔는데 그제야 마음이 놓였다.

남편 친구들은 새로 태어났다며 그날을 생일로 정하자는 둥 실없는 농담들을 했지만 천만다행이었다. 관세음보살의 가피로 남편과 강아지, 임신 중인 펜션 주인 이렇게 세 생명을 살린 것이라고 난 지금도 믿고 있다.

예전에 스님이 법문할 때 가피에 대한 사례를 수없이 말해주었지만, 그때는 귓등으로 흘려들었는데 살면서 순간순간 느낄 때가 있다.

가피력에는 현실가피력, 몽중가피력, 명훈가피력 세 가지가 있다. 이들은 원력을 세워 기도를 열심히 하거나 절을 간절한 마음으로 행할 때 자신도 모르게 나타나는 것이라 한다. 가피력에 관한 책을 읽을 때도 의심이 들었다. 그런데 언제부터인지 명훈가피력이 나를 보호하고 있다는 느낌이 들었다.

내가 위험한 상황에 처할 때 위기를 모면하게 되는 경우가 종종 있다 보니 믿음이 생기기 시작한다. 예전에 큰 교통사고가 있었는데 우리 차만 무사했다. 이번 고성 사고에서도 목숨을 건졌으니 분명히 관세음보살의 가피력이 아닌가 하는 생각이 든다.

한편으로 조상님들을 위한 천도재를 지내드려서 가피를 받는 것 같기도 하고 정확히 알 수는 없지만 그런 생각이 들었다. 절에 자주 갈 수 없을 때는 잠자기 전에 관세음보살을 계속 부르면 몸과 마음이 편안해지는 것을 느낀다.

생명을 살려주는 일, 특히 동물을 살려주는 것은 은혜로 나타나는 것 같다. 지금 키우고 있는 고양이도 길냥이다. 용인에 살 때 3년 넘게 길고양이들을 돌본 적이 있었다. 그때 바위틈에 끼여 나 죽어가는 것을 구출해 보살피고 있다. 우리가 알 수 없는 불가사의한 일들. 가만히 생각해보면 감사한 일들이 참으로 많다. 겸손한 자세 항시 하심下心하는 마음가짐 모두가 스님의 가르침이고 그분의 깊고도 넓은 마음 밭이 나도 모르게 내 안에 스며들어 있었나 보다. 이 크나큰 은덕을 입은 줄도 모르고 무심히 살았으니 나무관세음보살.

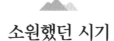

소원했던 시기

    스님이 직지사에 계실 때가 생애에서 가장 소원했던 시기였다. 8년 재임기간 중 딱 세 번 찾아뵈었다. 새해에 세배드리러 한 번, 생신 전에 영양제를 전해드리러 가고, 추석 연휴에 잠깐 들린 것이 전부이다.

    황악산 기슭에 있는 직지사는 대한불교조계종 제8교구 본사이다. 직지사 입구의 산문에는 '동국제일가람황악산문東國第一伽藍黃嶽山門'이라는 커다란 현판이 걸려있다. 입구의 첫 관문부터 사람을 압도하는 큰 절의 위엄을 갖추고 있는 것을 알 수 있다. 그뿐만 아니라 일주문을 지나면 대양문이 나오고 그다음 금강문 그리고 천왕문과 다시 만세루를 지나야 대웅전에 들어갈 수 있다.

    직지사는 남장사와 비교할 수 없을 정도로 규모부터 대

단히 컸다. 스님들도 많이 계시고 보는 눈이 너무 많아 행동부터 조심스러웠다. 그뿐이 아니었다. 무척이나 바쁘고 스님하고 차 한잔하고 있는데도 수시로 무슨 연락이 와서 얼른 자리에서 일어나야만 했다.

직지사 소임을 맡고 그 이듬해 세배를 드리러 갔다. 직지사에 도착하니 오후 2시쯤 됐다. 시간이 다소 늦은 것 같아 한가하시겠지 했는데 세배를 드리러 온 스님들과 신도들이 엄청 많았다. 남장사처럼 생각한 것이 착오였다. 스님을 뵙기까지 꽤 기다렸다. 그때 느낀 것은 너무 바쁜데 찾아뵙는 것이 오히려 민폐를 끼치는 것이구나, 하는 생각이 들자 발길을 멈추었다. 그 후로 남장사로 다시 오실 때까지 전화로 안부드리고 찾아뵙지 않았다.

언젠가부터 스님의 생신날은 전화로만 인사드리고 가지 않았다. 스님이 바쁜데 이런 날 챙기지 말라 당부하신 것도 있지만, 스님이 유명해지니 내가 먼저 불편했다. 그래서 다른 스님들과 신도님들이 함께하는 자리는 일부러 피했다. 남장사에 그렇게 다니면서도 동생이라고 내 입으로 먼저 말한 적이 없었다. 눈치로 알아채는 사람도 있지만 내가 직접 말하지 않으니 그냥 그렇게 넘어갔다. 직접 물어보는 사람한테는 거짓말을 할 수 없어 대답은 하지만

산중 생활

'다 똑같은 신도입니다'라고 짤막하게 말했다.

신도님들은 어쩌다 스님의 동생인 것을 알면 더 친절하게 다가오고 신경을 각별히 써주어 그게 내게는 엄청 부담으로 다가온다. 스님의 후광으로 그런 특별한 대접은 받는 것이 멋쩍고 어색하다.

혹여라도 나의 행동이 교만해져 스님에게 누가 될까 봐 조심조심 또 조심하며 살았다. 그러다 보니 자연스럽게 사람들이 많이 모이는 자리를 피하게 된다. 그런 자리는 우선 긴장하게 되고 자유롭지 못해 영혼이 자유로운 내게는 맞지 않는 것 같다.

초파일에도 미리 가서 등을 접수하고 당일에는 가지 않는다. 집 근처의 가까운 절을 가거나 조계사를 찾았다. 조계사는 오래전 청년회에 가입하여 다닌 적이 있어 그나마 익숙한 절이기도 하다.

한번은 어느 신도님이 내가 동생인 것을 아시고 왜? 생신 때 한 번도 못 뵌 것 같다며 의아해하였다. 딱히 할 말을 찾지 못해 "그렇게 됐어요"라고 짤막하게 답했다. 사람들은 그게 그렇게 궁금하고 중요한가! 그런 질문을 받으면 성의가 없는 걸로 비쳐 무슨 말인가 해야 하는데 오히려 할 말을 잃고 만다.

그때그때 해명해야 할 이유도 필요도 없지만 마음이 편치 않은 것은 왜일까! 그러고 보니 스님과 소원하게 지냈던 그 시절이 남들 눈에도 그렇게 보였다는 것일 수도 있다. 대부분 사람들은 있는 그대로 현상 자체만을 보고 의식하기 때문이라고 마음의 위안을 삼는다.

닮은 꼴

누군가 자신과 닮은 것이 많다면 좋은 것일까! 아님 불편한 것일까! 아직도 그 문제는 아리송하다. 부딪칠 때가 많을 것 같기도 하고 한편으로는 이해하고 받아들일 수 있어 좋을 것 같기도 하니 말이다. 때론 거울을 보듯 문득문득 자신의 모습이 겹쳐 보여 두려울 때도 있다. 특히 자신에게 엄격한 잣대를 들이대며 세상을 살아가는 것이 얼마나 힘들고 인내가 필요한 것인지 알기 때문이다.

전화통화를 한 적이 있다.
"스님, 안녕하세요. 영숙이에요."
"그래, 영숙이."
"별일 없으시지요? 그냥 안부 전화드렸어요."
전화기 너머 하하하 웃음이 전부인 대답.

"자주 찾아뵙지 못해 죄송해요."

"죄송하긴, 잘 살고 있으면 되지."

"그래도 제가 보고 싶잖아요!" 가끔 이런 농담을 하면.

"그야 그렇지!"

"조만간 찾아뵐게요."

오지 말라고 괜찮다고 그런 말씀은 생전 안 하신다. 난 또 약속을 지켜야 되기에 바쁜 일정을 쪼개 찾아뵙곤 했다.

스님이나 나나 비슷한 성격. 허튼소리 안 하고 약속은 무슨 일이 있어도 지키는 칼같은 성격. 게다가 할 말을 못 하고 가슴에 묻어두고 참는 것까지 닮았다. 이유는 말을 뱉는 순간 나로 인하여 시끄러운 상황을 만들기 싫기 때문에 입을 닫게 된다. 또 마음이 여린 것도 속정이 깊은 것도 불같이 화내고 이내 후회하며 반성하는 것까지 닮았다.

마음이 따뜻하고 남을 먼저 배려하는 마음과 측은지심이 있어 불쌍한 것들을 외면하지 못하는 성격, 그러다 인간으로부터 배신당하는 일들이 있지만 스님과 다른 점은 나는 한번 마음이 틀어지면 두 번 다시 안보는 냉정함이 있다. 그러나 스님은 같은 일이 반복돼도 다 품어주는 배려심과 이타심이 자리하고 있다.

스님이 싫어하는 아니 거북해하는 말은, 사람들이 자신을 무섭다고 느끼는 표현일 거라고 생각한다. 사실 무섭다는 어감은 긍정적인 것보다 부정적인 의미가 더 강하다. 인정 많고 따뜻한 성품을 지니고 남에게 한없이 이타적인 스님에게는 좀 억울하지 않으실까.

스님은 무섭다기보다는 어려운 분이다. 항상 빈틈이 없고 수행정진에 있어 한 치의 흐트러짐 없이 남녀노소 공경하는 마음으로 대하니, 그 앞에만 서면 한없이 작아지고 조심해야 한다는 압박감이 있었던 것 같다.

무슨 실수를 하거나 잘못하여 스님께 한 소리 들을까 봐 노심초사하는 본인의 마음에서 비롯되는 무서움을 스님이 무섭다고 전가시키는 표현이다.

스님이 쓰러지고 난 이후, 농담도 하고 듣기 좋은 말로 립 서비스도 해드렸다.

"오늘은 스님 얼굴이 환하게 보름달 같아요."

"웃으시니까 하회탈 같아요."

"오늘은 정말 예쁘세요. 중후하게 품위 있게 나이 드셔서 보기 좋아요."

그럴 때면 환하게 웃으시지만 또 답이 없다.

일상생활에서 이런 말은 낯 간지러워 남편한테도 아들

에게도 안 하는데 스님한테는 어리광 부리듯 가끔씩 해드렸다. 스님은 근엄하기만 하셔서 감히 누가 이런 말을 할 수 있을까!

내가 웃으며 물었다.

"스님한테, 저 말고 누구도 예쁘다고 안 하지요?"

허허허 웃음이 답이다. 스님이 웃을 때의 너무도 천진난만하고 행복해하는 모습이 부처님의 모습일까!

입적하기 전 병상에 계실 때 마지막으로 스님께 해드린 말이 있다.

"스님이 제 오빠여서 행복했고 자랑스럽고 함께한 추억이 있어서 두고두고 그리울 것 같아요. 그동안 곁에 계셔 주셔서 정말 감사했어요."

두 손을 꼭 잡아드렸더니 눈물을 흘리셨다. 아무 말씀 없으셔도 그 마음을 알기 때문에 내 눈에서도 눈물이 흘러내렸다.

스님, 쓰러지시다

스님은 김천 직지사에서 연임의 주지소임을 마치고 남
장사 주지스님으로 다시 오셨다.

이듬해 겨울 낙상하여 뇌손상이 왔다. 그때 낙상의 후유
증이 커서 입적하실 때까지 재활 치료와 병원 치료를 반복
하였다. 몸이 불편한 상황에서도 정신력과 근기로 일체의
나태함이나 게으름을 본인에게 허용하지 않으셨다.

스님이 쓰러지셔서 일산 동국대병원에 입원해 계시다
는 연락을 받고 한달음에 달려갔다. 믿어지지가 않았다.
항상 정정하고 꼿꼿하신 분이 침대에 누워계신 것을 보니
눈물이 왈칵 쏟아졌다. 알 수 없는 설움이 복받쳐 눈물이
멈추지 않는다.

나이가 칠순이 넘었는데 어째서 자신의 안위를 돌보지

않으셨는지 원망도 해보고. 관세음보살의 가피력은 진짜 있는 것인가?

그 마음 밑바닥에는 부처님에 대한 실망이 컸다. 아니, 부처님을 그렇게 정성껏 모시고 자비를 베풀며 봉사정신으로 평생을 살았으면 부처님의 가피로 지켜주셔야지 기도도 소용이 없네, 하는 마음이 앞섰다. 괜히 화가 나고 심술이 나니 애매한 쪽으로 푸념을 늘어놓았다.

직지사에 계실 때 연락이 뜸하고 자주 찾아뵙지 않으니 당연히 소원해졌다. 마음속으로만 잘 계시겠지! 주변에 신도님들이 많이 있어 든든하고 항상 이웃을 챙기는 봉사로 바쁜 나날을 보내니 잊고 지냈던 시기였다. 그래서 스님이 쓰러지시고 바로 연락을 받지 못하고 한고비 지난 다음 스님께서 찾으셨다고 한다.

"아니, 바로 연락을 하셨어야지! 제가 연락 안 드려서 삐지신 거예요? 아휴! 속상해요."

스님은 내 두 손을 꼭 잡고 '별일 아니다. 나이 들면 누구에게나 찾아오는 것이니 걱정하지 마라. 곧 일어날 거다'라며 오히려 병문안 간 나를 위로하였다.

그러면서도 본인에게 아직도 하심下心과 인욕忍辱이 부족했다고 생각하시니 그 마음이 오죽하실까 연민의 정이 밀려왔다.

내 특유의 언변으로 말했다.

"스님이 그렇게 생각하시면, 이 세상에 제대로 걸어 다 닐 사람 아무도 없어요."

"아니야, 아직도 내게 교만이 있었던 게야."

"스님처럼 철저하게 계율을 지키고, 청렴하고, 자비를 베풀고, 중생을 위해 평생을 헌신하셨는데, 더 어떤 요구 를 바란다면 스님 누가 하겠어요!"

그때 나는 용인에 살고 있었다. 직장생활을 하고 있어서 일요일밖에 시간이 없었다. 병원 음식이 맛이 없다고 하여 일요일마다 음식을 만들어 병문안을 다녔다. 맛있게 드시 는 스님의 모습을 보며 하루빨리 완쾌되길 바라는 마음에 힘든 줄도 모르고 즐거운 마음으로 다녔던 것 같다.

"스님, 옛날이 그리워요. 정정하셔서 눈을 부라리시며 야단을 치실 때가 더 좋았어요."

"허허! 내가 그랬나."

"벌써 다 잊으신 거 아니죠? 제가 곁에 있을 때가 좋았 지요?"

또 스님은 함구하신다. 답하기 뭐 하면 침묵으로 일관한 다. 그도 그럴 것이 질문이 질문다워야 할 텐데. 아무 말씀

이 없으셔서,

　"제가 스님 웃겨 드리려고 그냥 해본 말이에요."

　허허 웃음으로 답하신다. 스님이 퇴원하시고 다시 남장
사로 가실 때까지 찾아뵈었다.

상좌스님

한 해 여름을 공양주로 지내다 그 이듬해 여름에 다시 남장사에 가게 되었다. 처음이 아니라 조금은 익숙하여 필요한 물품들은 나름 단단히 준비하여 챙겨 갔다.

남장사에 갔더니 젊은 스님이 와 계셨다. 나중에 안 일이지만 그 스님이 상좌上座스님이었다. 스님이 처음 상좌스님을 소개할 때 내게 주의를 주었다. 나이가 많건 적건 스님들을 대할 때는 깍듯하게 존경하는 마음을 가지고 예를 다하라고 대답은 했지만 속으론 즐거웠다.

상좌스님으로 종호스님과 관도스님, 현도스님 세 분이 계신 것을 입적하고 알게 되었다. 남장사에서 공양주 시절 종호스님과 관도스님은 함께한 추억이 있지만, 현도스님은 스님 입적하시고 적십자병원에서 입관식 때 처음 뵈었다. 현도스님의 첫인상은 성격이 활달해 보이셨다. 언제나 느끼는 거지만 스님들은 조용하고 엄숙하고 단정하여 곁에 다가가기가 조심스럽다.

그해 여름 만난 상좌스님인 종호스님의 나이는 나보다 한 살 위였다. 호리호리한 체격에 오뚝한 콧날 똘똘해 보이는 첫인상이었다. 내 또래의 젊은 스님이 오셔서 너무 좋았다.

말동무라도 되지 않을까 잔뜩 기대를 했는데, 상좌스님은 오히려 더 벽을 느끼게 했다. 서로 마주치는 시간은 예불시간과 공양시간이 전부였다. 서로 하는 일이 다르고 머무는 공간이 다르니 다른 세계 있는 것처럼 느껴졌다. 그 스님은 주로 공부만 하였다. 그 외에 마주쳐도 침묵으로 일관하니 없는 사람이나 마찬가지였다.

그동안 스님은 너무나 근엄하고 어렵기만 했다. 상좌스님은 젊으니 다르겠지 생각했는데 스님들은 다 똑같은 것 같다. 아마도 그렇게 교육받고 시스템이 그래서 그런지 조용하고 말이 없고 몸가짐이 바르고 빈틈이 없어 정이 안 가는 타입이다. 그런데 상좌스님은 영리한 것 같다. 스님한테 꾸중 듣는 모습을 보지 못했으니, 나는 자주 야단을 맞아 상좌스님이 볼까 봐 창피해 빨리 절에서 내려가고 싶었다.

　나중에 다른 스님이 또 한 분 오셨다. 별로 기분이 안 좋았다. 나를 도와줄 사람은 안 오고 공양을 챙겨야 할 사람이 들어오니 말이다. 스님의 호출을 받고 달려가니 새로운 스님이 오셨으니 경거망동하지 말고 정성을 다하라는 말에, 입을 삐죽 내밀고 기어들어 가는 소리로 "네"라고 건성으로 답했다.

　근데 그 스님은 상좌스님하고 달랐다. 상좌스님은 공부만 했는데 그 스님은 아궁이에 불도 지펴주고 밥도 아주 잘하셨다. 이렇게 고마울 수가, 그 스님이 오고 나서 불 때는 일과 밥하는 일에서 벗어나 반찬만 만들면 돼 훨씬 편했다. 그 스님 따라 채소밭에 가서 찬거리 준비하는 것도 즐거웠고 무엇보다 말할 사람이 생겨 신났다. 전에는 스님이 밭에서 찬거리를 갖다주시든가 아니면 출타하실 때 재료를 사다주셨다.

　후원에서 채소를 다듬고 있는데 계곡 쪽에서 노랫소리가 들려 살그머니 계곡 아래쪽으로 내려가 엿보았다. 상좌스님이 계곡에서 빨래를 하며 〈타향살이〉 노래를 불렀다. 그 후로도 자주 〈타향살이〉를 부르는 모습을 목격했는데 아는 노래가 저거밖에 없나!

　타향살이 몇 해던가
　손꼽아 헤어보니
　고향 떠난 십여 년에
　청춘만 늙어
　부평 같은 이내 신세 혼자도 기가 막혀……

　나도 어찌 보면 타향살이라고 할 수 있어 이 노래가 가슴에 와닿았다. 상좌스님에게는 들리지 않게 따라 부르니 집 생각이 나서 외로웠다.
　절 생활은 어차피 스님들이 계시든 안 계시든 외로움이고 고독함이다. 스님들은 너무나 조용하고 정진만 하니 말할 사람이 그리워 속가의 사람들이 보고 싶다. 스님들은 원래 스님 되려고 왔으니 고행을 참고 견디겠지만, 나는 무슨 이유로 외로운 절 생활을 해야 하는가! 옷깃만 스쳐도 인연이라고 하는데 전생에 부처님과 인연이 있었나?
　불심이 부족한 내게는 고행이 따로 없다.

스님, 열반에 드시다
– 입적

9월 20일 수요일. 아침부터 잔뜩 흐린 날씨는 금방이라도 비가 쏟아질 듯 먹구름이 하늘을 뒤덮고 있다. 아침식사 중에 남편이 남장사를 다녀와야 할 것 같다고 한다. 지지난주 스님을 방문했을 때 추석 지나고 찾아뵙겠다고 했더니, 나 죽은 다음에 오면 무슨 소용이냐고 하신 말씀이 마음에 걸려서 남편이 서두르고 있었다.

그런 이야기를 하고 있는데 스님을 돌보고 있는 사무장한테 전화가 왔다. 순간 쿵 하고 불길한 예감이 가슴을 쓸어내렸다. 스님이 위독하시다, 평소와 다르시다, 다시 연락을 주겠다며, 전화를 끊었다. 우린 숟가락을 내려놓고 서둘러 외출준비를 하였다. 막 대문을 나서려는데 사무장한테 다시 전화가 걸려 왔다. 전화기 너머 울먹이는 목소리로 스님께서 돌아가셨다고 한다. 그 말을 듣는 순간 휘

청거리는 몸을 남편이 옆에서 부축했다. 차 안에서 흐르는 눈물을 주체할 수 없어 숨 가쁜 모습을 지켜본 남편이 말했다.

"당신 이러다 정말 쓰러져! 이번에 쓰러지면 어떻게 될지 장담할 수 없어. 이러려면 차라리 가지 말자."

"미안해, 알았어. 울지 않을게."

남편은 가는 내내 당신 절대 흥분하면 안 돼. 마음 단단히 먹고 스님은 잘 가신 것이니 축복까지는 아니더라도 담담하게 받아들이자고 몇 번씩 반복했다. 남편은 내가 남장사에 가지 않기를 간절히 바랐지만 스님과 나와의 관계를 30년 넘게 지켜보았기에 막을 수 없다는 것을 알고 신신당부만 하였다. 전에 두 번이나 쓰러져 119에 실려 간 적이 있어 그것을 염려하고 있었다.

남장사에 도착하니 빗방울이 떨어지기 시작한다. 스님이 계셨던 방으로 들어서는 순간 가슴이 조여오고 머리가 뼈개질 듯 아파왔다. 남편은 얼른 툇마루에 누우라고 한다. 잠시 진정하려는데 종무소에서 이를 지켜보고 신도님들이 오셨다. 스님과 어떤 관계인지 물어 동생이라고 하니 방금 전에 적십자병원으로 출발했다고 하여 잠시 안정을 취한 뒤 적십자병원으로 갔다.

산중 생활

스님은 그곳 시신 안치소에 모셨고 사망진단서를 발급받기까지 꽤 오랜 시간이 걸렸다. 사무장과 가족관계 증명서 떼러 주민센터에 가는데 하늘도 슬펐는지 아니면 보내기 싫은 건지 쉴 새 없이 장대비가 쏟아졌다. 비는 하루 종일 그치지 않고 주룩주룩 내 흐르는 눈물만큼이나 퍼부었다.

스님을 병원 시신 안치소에 모셔두고 남장사로 돌아오는데 마음이 한없이 서글펐다. 그래도 늦은 시간까지 빗속에서 자리를 지켜주고 계시는 신도님들을 뵈니 위안이 되고 스님 가시는 길 외롭지 않으실 거라 마음을 다독였다. 남장사 주지스님(상좌스님)이 직지사에서 장례에 대한 회의를 마치고 늦게 도착하셨다. 빈소와 다비식은 직지사에서 진행하기로 하고 유가족은 입관식과 다비식에 참석하기로 했다.

분향소는 직지사에 마련하고 스님 시신은 병원 안치소에 보관하다 다비식 날 직지사로 모시고 간다는 것이다. 그래서 입관은 병원 입관실에서 진행되었다. 입관식 때 스님을 뵈니 울컥하는 마음에 가슴이 조여오는 증상이 또 나타나 남편이 밖으로 데리고 나가 안정을 취하여 쓰러지지는 않았다. 마음속으로 관세음보살을 부르고 또 불렀다.

다비식
– 한 줌 흙이로다

직지사에 도착하니 사찰 주변으로 꽃무릇이 절정을 이루고 있다. 화려하고 유혹적인 빛깔의 꽃무릇을 절 주변에 많이 심는 것은 꽃무릇의 뿌리에 있는 독성 물질 때문이라고 한다. 뿌리에 있는 독성 물질을 단청이나 탱화에 찍어 바르면 좀이나 벌레가 꾀지 않는다는 것이다. 이유야 어떻든 진홍색의 꽃무릇이 무리 지어 있으니 자연스레 눈길이 가 멈춘다. 꽃무릇의 아름다움을 뒤로 하고 설법전으로 발걸음을 옮겼다.

스님이 입적하신 첫날 빼고 날씨가 계속 화창했다. 다비식 날도 잔잔한 바람에 전형적인 청명한 가을 날씨가 직지사 사찰의 아름다운 산수와 어울려 가신 분도 남아있는 사람도 축복이었다. 날씨는 때에 따라 아주 중요한 역할뿐

127

아니라 사람의 기분도 좌지우지하는 것 같다.

설법전에 9시 30분쯤 도착하니 사부대중이 설법전과 마당에 발 디딜 틈이 꽉 찼다. 스님이 잘 살아오신 것 같아 입적하신 이후로 처음으로 가슴이 뭉클하고 자랑스러웠다. 그동안 주변 눈치 살피느라 슬픔도 제대로 표현하지 못하고 마음속으로만 삭였다.

한편으로 빈소를 지켜드리지 못해 죄송했는데 만인의 명복을 받는 스님의 영전 앞에서 아버지도 자랑스럽게 생각하셨을 것 같다.

스님은 다음과 같은 열반송涅槃頌을 남겼다.

맑고 깨끗한 본연의 크고 밝은 빛淸淨本然大光明

온 일도 갈 일도 머문 적도 없지無來無去亦無住,

이제 헤어지면 어디서 다시 만날까此來別後何處見?

만리에 펼친 붉은 비단 맘껏 보게나紫羅萬張從君看.

설법전에서 영결식이 진행되는 동안 너무나 조용하고 엄숙해 숨소리조차 크게 하면 안 될 것 같은 분위기에 압도되어 헌화할 때 유가족을 불렀는데 못 들었다. 식순에 유가족 헌화 순서가 없어서 당연히 안 부르겠지 하다 그만

산중 생활

실수를 했다. 유가족은 식순이 다 끝나고 맨 나중에 헌화하고 절을 했다.

영결식이 끝나고 스님의 법구는 영정과 만장을 선두로 행렬이 이어졌다. 설법전을 나와 다비장인 연화대로 걸어 올라가는데 기진맥진한 몸이 많이 힘들어 보였는지 지나가던 스님이 차를 세우고 타라고 권유하였다. 남편과 함께 염치 불고하고 차를 탔다. 스님께서 무슨 연유인지 여쭤어 유가족이라고 짧게 대답했다.

다비장에 도착하니 스님의 법신을 다비할 준비가 다 되어있다. 육신을 사대四大로 날려 보낼 장작더미 안으로 스님의 관이 들어가니 그 둘레를 사부대중이 횃불을 들고 준비하였다.

계속되는 염불소리와 누군가 "스님, 불 들어갑니다" 외침을 시작으로 장작더미에 불을 붙였다. 잠시 후 불길은 춤을 추듯 너울너울 타다가 이내 활활 타올랐다. 사부대중은 활활 타고 있는 불꽃 둘레를 '관세음보살 관세음보살' 염불하며 돌았다.

활활 타오르는 불꽃 속에 스님의 생전의 모습이 그려지며 이 인연의 고리는 어디가 끝일까?

온 일도 갈 일도 머문 적도 없다 하셨는데, 이제 어디서 스님을 만나 볼 수 있을까!

스님의 육신을 집어삼킨 성난 불꽃은 오후에 사그라지었다. 육신은 온데간데없이 한 줌 재로 돌아왔다.

산중 생활

49재 법요식

- 막재 탈상

오전 6시에 집을 나서는데 11월이라 그런지 밖은 아직 어두컴컴하다. 새벽 찬 공기가 제법 쌀쌀하여 옷깃을 여미게 한다. 9시가 조금 안 되어 남장사에 도착했다.

40년 넘게 스님의 발자취가 고스란히 간직되어 있는 남장사로 들어서니 감회가 새롭다. 바로 엊그제 같은데 인생무상人生無常이란 이런 것일까! 이제 그 어디에도 스님은 없고 스님이 살아오신 세월의 향기만이 전해지고 있다.

보고 싶어도 만날 수 없다는 생각에 가슴이 먹먹해진다. 스님의 넉넉한 미소가 그립다. 누가 내게 부처님 같은 환한 미소를 보여줄까! 복잡한 심경을 가득 안고 보광전 후문으로 들어서 사부대중의 가득 찬 모습을 보고 이내 부질없는 헛생각이었구나.

이제 내가 부처님 같은 미소를 보여주며 남은 생을 마

무리할 때인 것 같다. 세상을 아름답게 이롭게 하는 일이 큰 광명을 놓는 일인데, 그동안 스님만 의지하고 무심했구나 하는 생각에 자신을 다시 한번 단단히 단속해본다.

남장사 설법전에서 정강당 성웅 대종사正剛堂 性雄 大宗師의 49재 법요식이 10시에 거행된다. 설법전 안에는 스님들이 많이 참석하여 자리가 없어 유가족은 맨 뒷자리에 앉고 신도님들은 보광전 앞마당에 자리를 마련하였다. 법요식은 오전 10에 시작하므로 약간의 시간적 여유가 있었다.

법요식이 시작되기를 기다리고 있는데 앞에 앉아 계신 스님이 어떤 관계냐고 물어보신다. 망설이다 동생이라고 답하니, 그 스님은 초재부터 막재까지 재마다 참석을 했는데 처음 본다고 하신다. 그 말을 듣고 내 정성이 부족했구나 생각에 몸 둘 바를 모르겠다. 그렇다고 개인 사정을 말할 수도 없고 괜한 변명같이 보일 것 같아 할 말을 찾지 못하고 우물쭈물하다 "죄송합니다. 그리고 감사드립니다"라고 짧게 답했다

절에서는 출가했다고 속가의 가족을 멀리하면서 초재부터 참석을 왜? 하지 않느냐는 책망으로 들렸다. 승과 속의 경계가 어디쯤일까! 어떻게 처신해야 되는 걸까. 그 스님은 그냥 궁금하셔서 물어본 것일 수도 있는데 내 자격지

심에 움츠러든다.

법요식이 시작되고 중간쯤에 스님 생전의 육성을 들려주었다. 육성을 듣자 스님의 모습이 떠올라 그리움이 밀려왔다. 그리움이 가슴 가득 차오르는데, 남장사 합창단의 그윽하고 청량한 찬불가에 그만 참고 있던 눈물이 터져 나와 멈추지 않는다. 두 눈을 손수건으로 지긋이 누르며 엄숙한 분위기를 깰까 봐 속으로 삭이려니 또 가슴이 조여와 관세음보살을 부르며 간신히 진정했다.

법요식이 끝나고 보성 선산에 갈 계획이 잡혀 있어 공양을 안 하고 바로 떠나려 했다. 그런데 신도님들이 스님이 계셨던 처소에 이미 공양 준비를 해놓아 거절하지 못했다. 40년 넘게 다녀갔던 처소, 한때는 수시로 들락거리며 청소하고 내 손때가 묻어 있는 곳, 공양하는 내내 법문을 듣고 겸손을 배우던 시절이 파노라마처럼 흘러간다.

아! 인생이 긴 것 같지만 지나고 보니 짧은 찰나인가!

주지스님과 신도님들의 따뜻하고 포근한 마음과 정성을 가슴에 가득 안고 남장사를 떠났다. 노악산의 저물어가는 가을을 뒤로 하고 선산으로 출발했다.

선산에 도착하니 해가 기울어지고 있다. 49재 마지막

탈상을 속가식으로 가족들이 모여 제사를 지냈다. 출가는 하셨지만 종갓집의 장손으로 선산에 모시고 싶은 열망이 가족들에게는 간절하여 남동생이 따로 자리를 마련하였다.

"스님이 그토록 가보고 싶어 하시던 고향입니다. 편히 쉬시고 부디 극락왕생하시옵소서."

나무 석가모니불 나무 석가모니불 나무 시아본사 석가모니불.

정초기도

매년 정월 초하루는 절을 찾아 일 년 동안 가정의 만사형통을 기원하는 마음과 기도로 한 해를 맞이한다. 코로나 때문도 있지만 손녀를 돌보면서 몇 년 동안 정초기도를 가지 못했다.

아침 일찍 차례를 지내고 세배까지 끝나면 절로 발걸음을 옮긴다. 특히 올해는 손녀도 네 살이 되어 온 가족이 함께하니 더욱 뿌듯한 마음으로 길을 나서게 되었다. 집에서 그렇게 멀지 않은 곳에 오대산 월정사가 있어 다행이었다. 월정사는 여러 번 방문했지만 모두 관광목적이었다. 또 등산을 좋아하여 선재길을 계절별로 다녔던 것 같다.

밤사이 눈이 많이 내려 조금은 걱정이 되었다. 큰 도로는 제설작업으로 눈이 다 녹아있었다. 월정사에 도착하자 주변이 온통 새하얀 눈으로 덮여 설경이 아름답다. 주차장에는 이미 많은 차들로 꽉 찼다. 역시 큰 절이고 유명세를 타는 절이라 그런지 관광객들도 다양하다. 간혹 외국인들도 보이고 연인들 가족들 저마다 새해 꿈을 안고 찾아왔겠지 생각하며 전나무 숲길로 들어섰다. 뽀드득 눈 밟는 소리에 손녀가 신이 난지 추운 줄도 모르고 마냥 뛰어다닌다. 역시 아이들이란……. 우리도 그런 때가 있었지.

다른 때 같으면 남장사를 방문해 큰스님께 세배도 드리고 덕담도 듣고 하겠지만 이제 곁에 안 계시니 그 허전함을 어찌 표현할 수 있을까! 갑자기 갈 길을 잃어버린 것처럼 어느 절을 가야 하나 생각이 나지 않는다.

강원도 횡성으로 이사 오자마자 코로나로 3년이란 세월이 묶여 버리고 나머지 시간은 큰스님 뵈러 남장사를 오가다 보니 이곳에서 마땅한 절을 만나지 못했다.

아무 절이나 가면 되겠지만 그것도 인연이 있어야 되는 것 같다. 풀 한 포기 나무 한 그루도 인연 따라 만나지는 것 같다. 어떤 꽃은 정성을 들여도 죽는가 하면 무관심으로 내던진 나무나 꽃이 무럭무럭 자라 지금껏 곁에 있는 것 보면 나와 인연이라 생각되어 각별히 살피게 된다.

천왕문 앞에서 합장을 하고 반배를 하니 손녀도 따라서

한다. 절 마당으로 들어서니 팔각구층석탑은 보수 중이고 그 근처로 연등들이 걸려있다. 우리도 각자 색깔을 골라 소원을 적어 등을 달았다. 마당은 눈이 녹은 곳이 많아 질퍽질퍽하다. 우린 적광전 법당으로 들어가 삼배를 올렸다. 네 살짜리 손녀에게 삼배하는 방법을 알려주니 고사리 같은 두 손을 꼭 모으고 야무지게 절하는데 그 모습이 정말 예뻤다.

"할머니, 나 절 잘하지?"

"그럼 그럼! 할머니도 깜짝 놀랐는걸."

법당은 처음인데도 낯설어하지 않고 의젓하게 삼배를 하니 주변 사람들이 부러움과 신비함으로 바라보는 느낌은 나만 그런 걸까! 그 모습을 보고 접수받고 계시는 스님과 신도님의 칭찬에 사탕까지 선물받고 신난 손녀를 보니 잘 데리고 왔다는 생각이 들었다. 손녀는 다음에 또 오자며 너무 좋아한다.

스님이 입적하시기 전에 마지막이라 생각하여 온 가족이 뵈러 갔었다. 손녀는 절이 처음이고 스님을 뵙는 것도 낯설어 무서워하면 어쩌지 걱정을 하며 데리고 갔다. 처음에는 쭈뼛쭈뼛하더니 이내 손도 잡아드리고 "스님 할아버지 안녕하세요"라고 인사도 한다. 참으로 대견하다.

스님이 "예쁘구나, 고맙다" 하시며 빨간색 염주 팔찌를 주셨다. 누가 말해주지도 않는데 염주를 얼마나 소중하게 간직하는지 사랑스런 아이다. 스님의 마음이 전해진 것일까!

이젠 절에서 스님들만 보면 스님 할아버지를 기억하니 그 짧은 순간에 아이 눈에 또렷이 새겨진 것 같다.

법당을 나와 마침 금강경봉찬기도를 접수하고 있어 가족 모두 축원카드를 만들고 접수를 끝으로 월정사를 나왔다. 차로 상원사까지 올라가다가 눈길이 너무 미끄러워 중간에서 차를 돌렸다. 설경에 푹 빠졌다 돌아오는 발걸음이 가볍고 상쾌하다.

올 한 해도 즐거운 마음으로 욕심부리지 말고 행복하게 살자.

제1주기 추모 다례제

세월은 유수流水와 같아 입적하신 지 어느새 일 년이 되었다. 남장사는 내게 일반적인 사찰이 아니다. 고향 같은 곳이다. 수많은 추억들이 겹겹이 쌓인 그곳을 어찌 잊을 수 있을까!

남장사에 도착하니 예전 같은 포근함이 느껴지지 않는다. 스님의 빈자리가 이리도 큰 것일까! 한때는 내 집처럼 살았고 얼마 전까지 스님을 뵈러 다녀었는데……. 거리는 중요하지 않다. 어느 곳이나 사람과의 관계가 마음을 붙잡기도 하고 멀어지게도 하는 것 같다.

보광전에서 삼배를 하고 나오니 나이 지긋하신 보살님이 나를 알아보고 반갑게 맞아주신다. 스님 곁에서 오랜 세월 함께하여 나를 보시면 스님 생각이 나신다며 눈물을 보이신다. 이것이 사람을 그리워하고 나누는 정이다. 보살님의 진정성에 내 눈시울도 뜨거워진다. 우리 스님이 잘 살아오신 것 같아 흐뭇하다.

보살님께 추모제 진행에 대해 여쭤보니 자세히 알려주신다. 후원에서 일하시는 분들에게 감사 인사를 드려야 될 것 같아 함께 후원으로 갔다. 바쁘게 일하시는 분들이 너무 많아 일일이 못 하고 아는 보살님들에게만 인사를 드렸다.

내가 절을 한 바퀴 돌고 싶다고 하자 보살님이 함께 동행해주셨다. 후원 위쪽에 전에 공양주 생활하며 거처했던 요사채가 온데간데없이 사라졌다. 아쉬워하는 내게 보살님은 이제 여기는 회주스님이 기거하는 처소를 새로 짓는다고 한다.

주지스님은 새로 오셨고 상좌스님이 회주스님으로 이곳에 계실 거라 했다. 보살님은 부도탑 제막식 때 왜 안 왔냐고 무슨 일 있었느냐고 물어보신다.

부도탑은 덕이 높은 승려의 사리나 유골을 넣고 쌓은 둥근 돌탑을 말한다. 보살님께 연락을 받지 못해 전혀 몰랐다고 했다. 그분은 고개를 갸우뚱하며 말했다.

"그렇지요 참석을 안 하실 리 없는데!"

마음이 심란하여 보살님께 극락보전에 삼배를 드린다

고 하며 헤어졌다. 부도탑 제막식을 진행할 때 소식을 주
기로 했는데 기다려도 연락이 없었다.

　우리 형제들은 서로 의논하여 부도탑을 건립할 때 사용
하라고 꽤 많은 돈을 시주했다. 의견들도 분분하여 부도탑
제막식 때 참석하여 시주를 하자고 했지만 내가 우겨 미
리 드리면 요긴하게 쓰실 것 같아 그렇게 했다. 그리고 부
도탑 제막식 때 형제들이 모두 참석하기로 했는데 내 꼴이
말이 아니다. 형제 대표로 지금까지 내 하는 일에 있어서
그 누구도 탓하지 않는다. 그래서 더욱 미안하다.
　사람이 사는 곳은 승가나 속가나 별반 다르지 않다. 사
람의 인격이 성숙했는지가 중요하다. 나는 금전적인 손해
는 어느 정도 감수하나 명예나 체면이 손상되면 참을성이
부족해진다. 그건 해명하지 않으면 누군가로부터 의심을
들게하 거나 오해의 소지가 있기 때문이다.
　스님은 그런 내 성정을 아시고 항상 인욕을 강조하셨다.
스님은 억울한 일을 당해도 참으려고 하셔서 내 속이 타들
어갔다. 말이 하고 싶은데 불호령 무서워 그냥 접어둔다.
그럴 때는 한 걸음 멀리 떨어져 시간을 두고 지켜보면 스
님의 행동이 옳다는 것을 알게 된다.
　하지만 불심이 부족해서 사적인 부분이 아닌 공적인 부

분은 명확해야 수용이 되는 것을 어쩌란 말인가!

　스님이 계실 때도 가족들의 천도재나 제사를 지낼 때 일반적인 비용보다 항상 더 많이 시주를 했다. 내 복은 내가 짓는 만큼 받는 거라 생각해서다. 스님의 가족이기 때문에 더 많이 신경 쓰인다.

　내가 스님의 동생인 것을 아시고 남장사에 갈 때마다 언제나 식사를 챙겨주시고 안내해 주시는 신도님이 계신다. 추모제가 끝나고 우리 일행은 좀 한가해지면 식사하려고 마당에서 기다리고 있었다. 그때도 그 신도님은 우리를 찾았다고 하시며 자리를 마련해주고 손수 밥까지 가져다 주어 너무나 황송하여 몸 둘 바를 모르겠다.

　나도 다른 절에 가면 팔 걷어붙이고 봉사를 열심히 하는데 언젠가부터 남장사에서 그게 잘 안된다. 잘못하면 나대는 것 같고 또 다른 신도님들이 불편해하는 것 같아 그야말로 좌불안석이다. 40년을 넘게 다녔던 절인데 세월이 흐르고 사람들도 바뀌고 뜸했던 시절도 있었으니 어색한 것은 당연한 것이다. 이제 긴 여정을 끝내고 회자정리 할 때가 된 것 같다. 고마우신 분들이 많이 계시는데 표현을 제대로 못 해 마음이 무거울 뿐이다.

식사하는 도중에 다른 신도님이 부도탑 제막식 행사 때 왜 안 오셨냐고 또 물어본다. 참으로 난감하다. 동생도 그 말을 듣고 나를 쳐다본다.

"연락을 받지 못해 몰랐어요. 식사 끝나고 부도전에 다녀가려고요."

"그렇지요!"

그 신도님이 기다렸다는 말에 참으로 송구하였다.

우리 일행은 후문 입구에서 상좌스님과 새로 오신 주지스님께 인사를 드렸다. 주지스님께 동생이라고 소개를 하니 큰스님의 유지遺志를 받들어 절을 잘 운영하시겠다고 하신다. 그 말씀이 위안이 되었다. 스님(오빠)이 남장사를 얼마나 사랑하셨는지, 어떻게 인생 전부를 바치셨는지 생각하면 애정이 남다를 수밖에 없다.

누군가 부도탑 있는 곳을 알려주었지만 우리는 찾지를 못했다. 다시 후문 입구에서 주지스님을 뵙고 여쭈니 비가 오는데 우산도 안 쓰고 앞장서서 가신다. 발걸음도 왜 그리 빠르신지 젊었을 때 예전 스님 모습이 떠오른다.

우리 일행은 부도탑에서 삼배를 드리고 간단한 기도를 하였다.

"부도탑 행사에 참석하지 못해 죄송해요. 오늘이 벌써

1주년입니다. 스님이 아주 많이 보고 싶어요. 앞으로 제가
남장사를 얼마나 올지. 혹여 못 오더라도 이해해 주세요.
편히 쉬시고 다음 생에 만나요."